Con amistad,
para Luis (...),
y todo lo demás
es puro cuento!

Julio Penal
UCSB /00

La palabra en juego
Antología del nuevo cuento mexicano

LA PALABRA EN JUEGO
Antología del nuevo cuento mexicano

Selección, introducción y notas de
Lauro Zavala

"Centenario de Maximiliano Ruiz Castañeda"
Universidad Autónoma del Estado de México
1998

UNIVERSIDAD AUTÓNOMA DEL ESTADO DE MÉXICO

M. en A. Uriel Galicia Hernández
Rector

M. en S.P. Ezequiel Jaimes Figueroa
Secretario Académico

M.A.E. Pedro Lizola Margolis
Secretario Administrativo

Ing. Roberto Mercado Dorantes
Secretario de Rectoría

C.P. Blanca Álamo Neidhart
Contralora

Dr. en Q. Rafael López Castañares
Coordinador General de Investigación y Estudios Avanzados

M. en Pl. Gustavo Segura Lazcano
Coordinador General de Difusión Cultural

Ing. Jesús Hernández Ávila
Director General de Extensión y Vinculación Universitaria

M. en E. Gerardo del Rivero Maldonado
Director General de Planeación y Desarrollo Institucional

M. en D. Alfonso Chávez López
Abogado General

2a. edición 1998
© Derechos Reservados
Universidad Autónoma del Estado de México
Av. Instituto Literario No. 100 Ote.
Toluca, Estado de México
50000, México

Impreso y hecho en México
Printed and made in Mexico

ISBN 968-835-193-8

INDICE

LA PALABRA EN JUEGO:
EL CUENTO MEXICANO RECIENTE Y
LA ESCRITURA LUDICA

Los 21 cuentos que he seleccionado para esta antología fueron originalmente publicados por sus autores en forma de libro entre 1986 y 1992. Ocho de estos escritores sólo han publicado un libro de cuentos hasta este momento. Los criterios para esta selección, tan arbitraria como cualquier otra, son los siguientes: he elegido cuentos muy breves (con una extensión que oscila entre las quinientas y las cinco mil palabras), que puedan ser leídos más de una vez debido a su valor literario (lo cual, inevitablemente, siempre es objeto de discusión), y que reflejen el tono lúdico que tiene el cuento que se está escribiendo actualmente en México.

Estos criterios merecen una breve explicación. Al diseñar una antología, generalmente está en juego la valoración estética de los textos, y por lo tanto la subjetividad específica de quien hace la selección. Así, lo que comento a continuación expresa mi visión del cuento mexicano escrito durante los últimos años, después de haber hecho una lectura detenida de lo producido en este género durante las últimas décadas. Hacer una antología de lo que se está escribiendo en este momento es una empresa riesgosa, y por ello esta selección debería ser considerada más como una bitácora de lectura que como una valoración distanciada, es decir, más como un síntoma que como un diagnóstico: es la declaración de un cómplice de la lectura.

Existen claramente definidos dos rasgos comunes en la escritura del cuento mexicano reciente: la crónica de la vida cotidiana urbana (en particular la presencia ubicua del erotismo, la perspectiva de las mujeres y la conciencia de los problemas sociales), y la experimentación con diversos juegos del lenguaje, entre los cuales está la creación de géneros híbridos (en los que se mezcla el cuento tradicional con otras formas de escritura). Este último rasgo es el más generalizado, y está presente en casi todos los escritores jóvenes, en parte como una rebelión ante el tono hierático de la literatura mexicana producida durante las décadas anteriores, y muy especialmente durante la década de 1950, que es la referencia obligada de la narrativa contemporánea. Así pues, las preocupaciones centrales de esta escritura son la vida cotidiana y el lenguaje literario, convertidos ambos en materia de escritura.

La vida cotidiana siempre ha sido la materia prima de la narrativa, si bien el tratamiento de las contradicciones y dudas del proceso de escribir es un terreno explorado con menos frecuencia. Por ello, los textos de Martha Cerda, Agustín Monsreal y Alejandro Rossi tienen un valor no sólo testimonial, sino desmitificador, precisamente por su tono parcialmente sarcástico.

En cambio, la vida en pareja es un tema mucho más frecuente en la narrativa, a pesar de lo cual los textos de Rafael Pérez Gay, Martha Cerda, Paco Ignacio Taibo II y Luis Miguel Aguilar ofrecen una visión original, muy próxima a la sensibilidad característica de la cotidianidad urbana en los años 90. Otras formas de erotismo urbano, no siempre cosmopolita, son recreadas por Hernán Lara Zavala, Guadalupe Loaeza y Angeles Mastretta, desde perspectivas literarias encontradas entre sí, cuyos personajes se definen frente a las convenciones morales dominantes, a la vez que están conscientes de sus propios límites individuales.

Por su parte, casi todos los demás escritores han explorado consistentemente las condiciones de vida en la Ciudad de México, con excepción, por supuesto, de quienes han escrito desde la provincia (Rafael Elizondo Elizondo, Jesús Gardea, Daniel Sada, Luis Humberto Crosthwaite y otros). La ciudad ha sido una constante en la narrativa de muchos escritores jóvenes, y en ocasiones es recreada de manera alegórica (Laszlo Moussong, José Agustín, Fabio Morábito) o a través de personajes paradigmáticos de un determinado estrato social (Juan Villoro, Emiliano Pérez Cruz, Cristina Pacheco). En todos los casos, los años 1968 y 1985 son un referente obligado, y durante el período que comprende esta antología los escritores retomaron estos momentos de maneras diversas.

Entre las formas experimentales que han sido características durante los últimos años en el cuento mexicano podría hablarse de una escritura fantástica, intertextual y alusiva (Francisco Hinojosa, René Avilés Fabila); diversos niveles de metaficción, necesariamente irónica (Enrique Serna, Gerardo Amancio, Óscar de la Borbolla), y algunas estrategias de hibridación genérica, que oscilan entre la estructura epifánica del cuento clásico y otras estructuras menos tradicionales, como la contrucción de una viñeta con imágenes poéticas (Guillermo Samperio), el tono intimista de la escritura epistolar (Hernán Lara) o la perspectiva subjetiva del observador implicado, a la manera de la crónica periodística contemporánea (Emiliano Pérez Cruz).

Todos estos rasgos permiten hablar de algunos elementos comunes a la escritura del cuento mexicano reciente. Puede reconocerse la combinación del sentido del humor, un tono coloquial, y la articulación irónica de la experiencia íntima con el contexto cultural de los personajes. Estos últimos dejan de ser tratados como arquetipos, al ser tamizados por una subjetividad que los personaliza, así se trate de quienes han sido objeto de toda clase de lugares comunes (como las mujeres, los escritores o los locos), o incluso al tratarse de un elemento fácilmente estereotípico como la ciudad, pues también ésta adquiere una identidad entrañable, particularizada por la perspectiva de cada narrador.

Al estudiar en su conjunto los libros de cuento publicados durante los últimos 25 años en México se observa un espectacular crecimiento en el número de escritores. Por ejemplo, en 1969 se publicaron 19 libros de cuento, mientras en 1986 se publicaron 52, y la proporción de mujeres escritoras también ha aumentado notoriamente, aunque está aún lejos de alcanzar la mitad del total. Proporcionalmente, el crecimiento del número de cuentistas es muy superior al crecimiento de la población en general, aunque es similar a la proliferación de revistas culturales, especialmente durante el período que comprende esta antología. Estas revistas son, por cierto, las que publican cuentos, crónicas y toda clase de narraciones breves.

Una de las razones que tal vez explica este creciente interés de los lectores por el cuento (y por las revistas que los publican) tal vez consiste en la explosión numérica de la universidad de masas, con el consiguiente aumento del número de lectores (y, por lo mismo, de autores y editores) de narrativa breve, acompañado por la multiplicación de los premios, becas, encuentros y talleres literarios en todo el país, y la relativamente reciente costumbre de organizar presentaciones de libros. Sin embargo, nada de esto sería suficiente por sí solo de no existir otros elementos, que tal vez se encuentren en la misma evolución de un sector creciente de la sociedad civil, que encuentra en la narrativa breve un medio de comunicación particularmente atractivo, al ser accesible, relevante y que en muchas ocasiones rebasa su contexto original, y merece una lectura más cuidadosa.

La cultura contemporánea es una cultura del fragmento, y algunos de los escritores más sensibles a esta condición, al reconocer la fuerza de la narrativa como forma de comunicación, están utilizando no sólo la palabra cotidiana, sino muy especialmente el tono periodístico y hasta testimonial propios de la crónica, de tal manera que en muchos casos es difícil distinguir, en la escritura contemporánea, entre cuento y crónica, entre periodismo y creación literaria, entre testimonio y ficción. Es ésta una ficción que incorpora la visión crítica de sus autores, y en esa medida llega tan lejos como extensos tratados de argumentación especializada. Una gran parte del cuento contemporáneo pasa, antes de llegar a la forma de libro, por la criba de la prensa cotidiana y las revistas y suplementos culturales, que por lo general tienen un tiraje mucho mayor que el de las editoriales más prestigiosas.

El cuento que se escribe actualmente, en su misma brevedad ("ficción súbita"), recuerda en parte las condiciones que le dieron origen hacia mediados del siglo pasado. Sin embargo, ya no se trata de cubrir espacios vacíos dejados por las noticias del momento, sino que es una escritura con su propia autonomía estética, pues esta brevedad responde a las exigencias que impone el ritmo de la cotidianidad de sus lectores. Y en cuanto al tono, a la vez irónico y coloquial , de muchos cuentistas contemporáneos, resulta casi inevitable recordar a algunos de los espléndidos cronistas y narradores del siglo XIX, tan aficionados también a las viñetas y al comentario de la actualidad cotidiana, como Angel de Campo, Manuel Gutiérrez Nájera, José Juan Tablada, Manuel Payno o Ignacio M. Altamirano.

Algunos de los cuentistas incluidos en esta selección han nacido fuera de México. Este es el caso de Alejandro Rossi (Italia) y Fabio Morábito (Egipto), si bien casi toda su obra cuentística ha sido escrita, publicada y comentada en México. Este también ha sido el caso, durante varias décadas, de Augusto Monterroso (Guatemala), cuya obra narrativa es reconocida por muchos de los cuentistas mexicanos más jóvenes como uno de sus antecedentes más próximos, en cuanto al tono y la economía de recursos literarios. Otros antecedentes directos pueden encontrarse también en Efrén Hernán-nández, Jorge Ibargüengoitia, Salvador Elizondo y Rosario Castellanos, y de manera indirecta, en Juan Rulfo, Juan José Arreola, José Revueltas y Elena Garro.

Si bien no existe un único escritor que pueda ser considerado como el más representativo del cuento mexicano contemporáneo, algunos muestran ya una considerable consistencia en su escritura cuentística, como Guillermo Samperio, René Avilés Fabila y José Agustín, entre quienes empezaron a publicar en los años 60. Y entre los escritores más jóvenes, algunos señalan lo que podría convertirse en lo más sobresaliente de la escritura en los años próximos: Juan Villoro, Martha Cerda, Luis Miguel Aguilar y otros más, al construir una visión entrañable, en ocasiones irónica o incluso poética, de la vida cotidiana urbana, convertida en una experiencia compartida y en un ejercicio de humor e imaginación. Estos y otros rasgos que el lector (o la lectora podrá apreciar al disfrutar lo que aquí se ofrece permiten afirmar que el cuento mexicano goza de buena salud, por la diversidad de sus perspectivas y la multiplicidad de sus registros literarios.

Al recrear un lenguaje que ha sido moldeado en el lapso de varios siglos, los mundos creados y las historias contadas por unos cuantos son cada día más individuales, precisamente al ser de todos. En su conjunto, esta selección constituye una apuesta a lo mejor de la narrativa hispanoamericana contemporánea: imaginación, humor, conciencia del oficio, y la capacidad para reconocer el carácter colectivo —y acaso generacional— de la cotidianidad más personal, convertida en parte de un lenguaje común.

Lauro Zavala

12

ROCÍO DE XOCHIMILCO

Juan Villoro

A los dieciocho años, Rocío ganó un disco en una Kermesse y perdió la virginidad en un automóvil. Rocío era liberada, pero no era una loca. Rocío leía libros, pero si ya habían hecho la película mejor iba al cine. Rocío tenía un cuerpo muy mono, pero no salía a la calle sin brasier. Rocío no admiraba a los gringos, pero tampoco a los rusos. Rocío estaba en favor de las relaciones prematrimoniales, pero se acostó con Fredy cuando ya llevaban seis meses de novios. Rocío era lo suficientemente moderna para estar suscrita a *Cosmopolitan,* pero lo suficientemente anticuada para no hacer caso de las "técnicas para enloquecer a *su* hombre". Rocío no era una niña popis de la Ibero, pero tampoco iba a estudiar con los nacos de la UNAM, por eso se inscribió en la Universidad Metropolitana de Xochimilco. Rocío no se escandalizaba con la mariguana, pero nunca había pasado de los tres toques. Rocío era femenina (le gustaba maquillarse y cocinar), pero creía en la independencia de la mujer (deseaba estudiar neurofisiología).

En suma, Rocío no era ni mojigata ni ninfómana, ni culta ni inculta, ni de izquierda ni de derecha, ni cosmopolita ni ranchera, ni sumisa ni dominante, ni muy atrevida ni muy pazguata.

En una época en que los gustos musicales se polarizaban como nunca y los jóvenes se convertían en una estampida de Hamlets en busca de decisiones, "¿a ti qué te gusta, el rock o la música disco?, Rocío seguía indiferente.

Un amigo trató de introducirla a la música disco. La invitó a una discoteca que parecía una sucursal en poliéster del infierno: alfombras rojas, cortinas rojas, meseros rojos. La música era tan machacona que Rocío pensó que la única diferencia entre el baterista y un antropoide aporreando a un tapir con un hueso era que el baterista usaba camisa de satín. Para colmo, cuando su amigo la sacó a bailar lo vio retorcerse como columna salomónica sobre la pista. Y no sólo él; todos los hombres giraban en la forma más afeminada posible. Los pantalones entallados, difundían las curvas de sus nalgas. *Push...push...in the bush,* proponía un cantante que usaba un collar digno de la familia Romanov,

Su encuentro con el rock fue igual de desastroso. Salió del concierto con ganas de bañarse con agua destilada y de tomar un Magnopirol.

Rocío llegó a su casa al terminar la kermesse, todavía insatisfecha porque no se ganó un oso de peluche tamaño refrigerador. Vio la portada del disco; por lo menos era un álbum nuevecito. Cuando lo colocó sobre la tornamesa se sintió feliz de haber escogido el número 28 de la tómbola, premiado con *How Dare You,* de 10cc. Entonces supo que había un arte para los indecisos, un sonido versátil, a medio camino entre las empalagosas malteadas de la música disco y el aguardiente del rock: un capuchino artístico.

Sin embargo, en cuanto alguien le hacía la pregunta clave, arrinconándola en la disyuntiva rock *versus* disco, Rocío no sabía cómo explicar que no estaba ni con unos ni con otros ¡¡¡¿¿¿Qué???!!! Una raza marcada por las dualidades, que estuvo a punto de exterminarse en el siglo XIV para ver cuál de los dos Papas era el bueno y que parecía dispuesta a hacer lo mismo en el XX si se cortaba la línea entre Washington y Moscú, tenía en su seno a alguien incapaz de definirse.

Lo peor es que Rocío no sabía exponer sus dudas. Sus

amigas tampoco eran duchas en hablar, pero ellas habían asumido las banderas de sus novios. Después de egresar del Guadalupe, el Oxford, el Francés del Pedregal y otras escuelas que garantizaban decencia, eran tan incapaces de Fundamentar Algo como de construir una catedral gótica. "Bueno...es que...o sea". En Inglaterra o Argentina hasta los futbolistas podían hacer un relato naturalista del gol anotado. Rocío, en cambio, había crecido contra la elocuencia. Sentía las miradas interrogantes, se mordía los labios y trataba de explicar: "o sea...", hasta allí llegaba

A fin de cuentas, sus vacilaciones hubieran pasado inadvertidas de no ser por un detalle: estaba buenísima.

Piel de satín blanco...ojos de miel de maple... esbeltas pantiblusas...largas pantimedias...nariz y pestañas respingadas...nalgas triunfales...cintura breve...pubis de cereal de trigo.

Le chiflaban en la calle, la volteaban a ver, le hablaban por teléfono, la invitaban a andar en moto, le ayudaban en sus trabajos de la Universidad, le buscaban el nuevo disco de Steely Dan, le mandaban flores el 14 de febrero, se querían acostar con ella desde la primera vez, se turbaban, se ponían nerviosos, contaban chistes polacos, le tenían miedo, mucho miedo.

El primer novio en serio de Rocío fue Fredy, quizá porque su mayor virtud era no tener convicciones. El la acompañó a buscar discos estilo 10cc, el rock derivativo que provenía de las aguas más sofisticadas del rock. Después de varias semanas de expedición, Rocío consideró que si las farmacias tuvieran el mismo surtido que las tiendas de discos, la gente moriría en México sin conseguir penicilina. Le tuvo que encargar los discos a su tía Glafira, que se fue a hacer un chequeo médico a Houston. Finalmente consiguió las obras completas de 10cc, Steely Dan y Supertramp.

Escuchaba esa música llena de matices y variaciones al lado de Fredy, que en varios meses sólo le había propuesto

15

una cosa interesante: hacer el amor en su Valiant Acapulco. Ella no se decidía a cortarlo porque ya-se-le-había-entregado, pero después de platicar con una amiga divorciada y de leer el último número de *Cosmopolitan* le dijo adiós a Fredy.

Lo que más le sorprendió de los pretendientes con los que empezó a salir es que todos le propusieran cambiar de vida. Durante varios meses Rocío se convirtió en un recipiente de personalidades: transitó por el catolicismo *pop* en la iglesia de El Altillo, donde se consideraba moderno acompañar los salmos con maracas, por el psicoanálisis trascendental, donde supo que la salud mental aumentaba con el salario, por la gimnasia china, donde llegó a un grado de ralajamiento tal que el mundo le pareció un sauna.

Rocío no entendía las sucesivas obsesiones de sus galanes. Por lo visto no les bastaba que estuviera buena, o quizá estaba demasiado buena; su cuerpo portentoso promovía un *horror vacui*. Ella era una prueba de lo bien que podían dibujar los genes, un triunfo biológico, un espléndido mamífero. Pero ellos sentían que faltaba algo ¿De qué servían los ideales de belleza si fallaba la cópula de personalidades? Necesitaban una muchacha que los acompañara al gurú, al gimnasta chino, al analista, alguien capaz de seguirlos al bazar de individualidades, de asumir los riesgos de tener un yo. Sus amigos se asustaban de la belleza en bruto; hubieran mandado a Elena de Troya a un curso de dianética.

Transcurrían tiempos en los que todos estaban "conflictuados", se "sinceraban", hablaban de la importancia de su "relación" y luego apretaban el gatillo: "¿qué te gustaría ser...qué te gustaría ser... ¡si vivieras!?" Había sobreabundancia de credos y cada pretendiente le ofrecía uno.

Pero Rocío seguía siendo la misma: ni muy-muy ni tan-tan, ni aficionada al rock ni a la música disco. Poco a poco descubrió las ventajas de su indefinición. En la bolsa llevaba sus pastillas de Microgynon 21, y las tomaba sin poderse decidir entre un rorro como Pedro, alguien tan ingenioso como Carlos o un hombre tierno y protector como Jaime. Ella era una obra de arte para los enérgicos (Mario), los románticos (Juan Manuel), los chistosos (Walter), los sofisticados (Tony) y hasta los que parecían indecisos; después de todo, Rocío era una canción de 10cc.

TRES MUJERES EN MI VIDA

Laszlo Moussong

Por ahora, hay tres grandes mujeres en mi vida y mis sentimientos. Dos son mis amantes y otra es mi esposa. Una de mis amantes es la más fenomenal prostituta que jamás haya conocido; cuando la recuerdo, me hundo en obsesiones de disfrutes que nadie más estaría dispuesta a darme, y todos mis principios y valores se emsombrecen por la idea de tenerla lejos y apenas poder gozarla cuando tengo la posibilidad de sacrificar mi dinero y derrochar mi tiempo en ella, incapaz de amar, pero apasionante.

La otra es joven, bella, dulce, sensible e inteligente. También distante de mi hogar, su recuerdo atomiza, entre nostalgias, todas las estructuras de mi realidad inmediata; cuando nos hemos visto y debo partir, llena las maletas de mi memoria con sonrisas, diálogos intensos, pruebas de generosidad, caricias que cubren al cuerpo y el alma.

De mi esposa, no puedo dejar de juzgar (bastantes méritos hace para reafirmármelo día con día) que es una mujer poco dada a pensar, fodonga, sucia, improvisada y mañosa, pero pese a esos y muchos otros defectos, tiene cualidades y lacras que ya son medulares en mi vida; tal vez por ello y no sólo porque estemos casados, esta señora es la verdaderamente mía y a la que realmente pertenezco; es algo que llegué a saber a través de amar a mis dos amigas.

Tengo derecho a decir sus nombres, puesto que forman

parte sustancial de mi existencia: la primera se llama Nueva York, la segunda Montreal y la tercera México.

A las tres las quiero de distinta manera, pero enamorado, lo estoy de las dos primeras. Lo entiendo. Enamorarse de una ciudad es no conocerla, no haberla vivido irremediablemente atado a su presencia, sus limitaciones y sus exigencias, no ser esposos; nos podemos enamorar de una ciudad gracias a que no la conocemos a fondo; es posible, porque la encontramos en fines de semana y la paseamos en algunas vacaciones; porque en ella buscamos, sobre todo, las delicias de sus formas, sus risas, sus caricias, los descubrimientos y su personalidad. Por lo mismo, enamorarse de un ser humano es vivirlo como turista.

Calles que el primer día te hechizaron, dejas de mirarlas cuando empiezas a recorrerlas con frecuencia, y ya nada más las atraviesas con el pensamiento puesto en el sitio al que quieres llegar.

Me estremece recordarte, Nueva York, hembra de sensaciones hasta en la cultura: jadeo al penetrarte en tus museos y galerías, tus salas de conciertos y teatros, tu arquitectura, y este deleite regocijante sobrepasa a la experiencia estética, a la valoración artística que podría predominar sólo si me estabilizara contigo en una vida conyugal; eres violenta, altiva, vertiginosa, incapaz de cuajar en sentimientos integrales; sensaciones y emociones es lo que puedes darme, pero excedes mis velocidades; no sabes de amor sino de seducción; conoces a demasiados hombres de todas partes y yo soy otro; cuestas mucho y en dinero.

Cuando estoy a punto de odiarte, me desmoronas con gestos de inocencia provinciana, con tu gente que toca música en la calle, pero no música de indigencia como en las calles de México; o con Broadway convertido en ronda pueblerina durante las noches; o con una boda en San Patricio que emboba con sonrisas cándidas a los transeúntes de la Quinta Avenida.

Demente, enajenada, delirante, aberrante, confundes el

respeto al ser humano, con la estricta exigencia del respeto a tus derechos; te detestaría si todo eso no formara parte de tus manejos seductores; el amor puede ser limpio, pero no la pasión; por eso me apasionas.

De ti, Montreal, sólo hilo imágenes luminosas, porque a ti te amo de verdad. Tus ojos son de colores claros y nítidos; vives en la actitud superior de quien se halla en la búsqueda de su verdadera naturaleza; asediada por millonarios de habla inglesa, defiendes tu lenguaje y tus esencias; que no te sigan diciendo francesa ni tampoco canadiense, pues eres quebequense, diferente, única; estás muy joven, pero sabes lo que anhelas de ti; serena, no aturdes con carcajadas ni escándalo; más bien te expresas en la sonrisa. Sé que no podría vivir contigo; estoy hecho al modo de mi mujer; eres demasiado civilizada para mí y estás forjando tu cultura; yo traigo, en cambio, de mi México, demasiada cultura estancada y poco comportamiento civilizado.

Eres mujer de diálogo, conceptual, honrada, lúcida, aunque te falta algo sin lo que yo no podría respirar: la magia, que la vieja bruja de mi esposa maneja en todos sus colores.

Tu inocencia frena a mi malicia, pero me hace respirar frescura. Me gusta idealizarte, guardar de tu recuerdo nuestras identificaciones y las diferencias comprensibles y tolerables me entusiasma exaltarme y reír contigo entre las canciones de Gilles Bigneault, saborear juntos vinos o una Brador al aire libre en la rue Saint-Denis, solidarizarme con tus voces y con todo tu Quebec, aunque lo sabes bien, tengo a mi mujer...

...A ti, gorda desparramada adicta a los tacos de cerdo, con la que hablo el mismo idioma y en idénticos giros; la que me reconoce en sus risas cálidas y sus insultos; la que me ha entregado todos sus secretos; a quien puedo gritar o aconsejar.

A ti sí te tengo; a ti, con quien puedo ser marrulléro sin remordimientos porque me orillas a pagarte con la misma

21

moneda; hembra de frondas montañosas donde conservas enterrados tus misterios.

De algún modo te amo; siempre acabamos por perdonarnos todo, aunque sea por agotamiento. Holgazana barroca, fumadora compulsiva, borracha adolorida, todavía sabes ser amiga, sabes ofrecer la vida por uno, sabes cocinar sabroso y variado, te gusta obsequiar a los demás.

Eres suceptible pero no celosa; convencional pero ya no mojigata; llena de trampas, quieres buscar la salida inexistente a tus vicios; capaz de lo mejor aunque todo lo hagas mal y a medias.

Contigo escucho nombres que reconozco; no me abandonas en la soledad; me ofendes pero no te olvidas de alentarme. Nos sabemos todo; nos toleramos; nos permitimos vivir; nos identificamos.

Contigo estoy casado; ni modo. Puedo enamorarme de muchas otras, pero sólo contigo podría vivir.

¡OH! AQUELLA MUJER

Guillermo Samperio

En honor de Lola Gavarrón

La mujer que nos ocupa la nostalgia podría llamarse, con el debido respeto y sin pretender significados ocultos, La Mujer Mamazota. Es mamazota de buena fe y por gracia de su casta. De buena fe porque ella va decididamente al encuentro del piropo mexicano por excelencia: ¡Adiós, mamazota!, el cual se pronuncia con franqueza y energía. Le encanta que se lo lancen mediando cualquier distancia y se lo pongan en el trasero.

Sería infeliz si al abandonar la oficina no escuchara la voz que le da sentido a su cuerpo y a su manera de vestir. Es de casta porque La Mujer Mamazota existe en nuestro país desde tiempos remotos, metamorfoseándose de época en época, aunque en la actualidad se encuentre hasta cierto punto atrofiado su proceso.

Muchas mujeres jóvenes cuestionan el devenir de tal casta y abominan el piropo que a las otras excita. Incluso hay algunas que en la forma de vestir se colocan en el austero polo contrario, aliándose radicalmente con la naturalidad y ocultas en blusones, faldas amplias o en vestidos de gran vuelo que les desdibujan el cuerpo. Sus rostros se dibujan inalterados, en la precisión de sí mismos y nitidez de unos ojos sin rímel.

Por su lado, La Mujer Mamazota utiliza un aerodinámico y siempre bien apretado corsé o brasier de peto largo que disimula la escasez de cintura. Al presionar sobre la parte media del cuerpo, este artefacto compuesto por telas y varillas destaca sobremanera los pechos, verídicos bajo las medias copas adornadas en sus bordes por delicado encaje. La blusa tiende a ser escotada, transparente o medio neblinosa, pero la uve del escote siempre mostrará la delgada y provocativa línea que forma la unión de los senos. El carmín de la boca, las discretas chapas coloraditas y el tinte rubio o pelirrojo en la esponjada cabellera son gracias de su aspecto definitivamente encantadoras.

Volviendo a la imaginaria cintura, lo cual no implica ausencia de una interesante cadera, de allí parte una falda entallada que sistemáticamente remata arriba de la rodilla, una o dos pulgadas; de manera ocasional aparece una abertura de alrededor de cinco pulgadas que permitirá que el muslo izquierdo se exhiba y se oculte al caminar. Venciendo las dificultades que impone el mercado de la lencería para conseguirlas, las medias necesitan ser de costura, o en su defecto simplemente negras, de malla o figuritas geométricas. Los zapatos, elementos de largo y meticulosos razonamiento, buscan la punta afilada y los hay de tacón de aguja, sin demasiada greca ni florituras inútiles; son de distintos vistosos colores. Sobre ellos se para, camina y contonea la portadora de tantos y justos primores, haciéndose realidad el piropo más profundo de la muy noble y leal Ciudad de México. La Mujer Mamazota es una caricia verbal que ha cobrado vida, un sueño vaporoso y bien modulado que recorre nuestros inmuebles antiguos y modernos.

Aunque a primera vista, o según ciertas coléricas opiniones, parece una mujer simple, su personalidad es compleja y merece todo el respeto del mundo. Tradicionalmente se ha puesto en relieve su aspecto negro, maldito, vampiresco, ligero. Y lo tiene, no puede ni pretende soslayarlo; si no, al instante dejaría de ser La Mujer Mamazota. Que ha sido protagonista de uno o varios dramas familiares, que ha provocado desastre o profundas diferencias entre varios jefes de departamento, incluso que ha sido causante de algún accidente automovilístico, nunca, nunca lo va a negar; al contrario, son las anécdotas oscuras que hacen el contraste en su largo collar de varios hilos. A ella no le gusta el chisme a medias, no; conoce al dedillo la vida de media Secretaría. Ha participado tanto en la planilla roja como en la verde, en la dorada como en la azul, en la rojinegra como en la naranja, de ahí sus incontables dones de conspiradora efectiva. No se tienta el corazón para criticar los abusos de un jefe, o para tumbar de su puesto a una secretaria estilista y elitista que se sienta "la muy muy", o para poner en ridículo a cualquier empleado que se quiera pasar de listo. Tiene y renueva relaciones con todos los departamentos, las subdirecciones, direcciones y en algunas asesorías; relaciones que ¡cuidado! puede poner en acción en cualquier momento, para bien o para mal.

Sin embargo, su aspecto blanco, dócil, bonachón, tierno y admirable pocas y pocos se detienen a verlo. Por principio, a ella le gusta decirle sus verdades hasta "al más pintado"; es decir, no es hipócrita, cualidad que le ha provocado más enemistades de las que en realidad debería tener. Cualquier vendedora de joyas de fantasía, ropa íntima o ilícitos objetos del exterior, hace su agosto en el escritorio de La Mujer Mamazota, pues ésta no sabe decir no a este respecto ni a otros respectos. Es solidaria y preocupona para con sus compañeras de trabajo; alienta y protege a las engañadas. Orienta y aconseja a los bígamos metidos en problemas; concilia y reconstruye amores devastados. Es amistosa con el personal de Intendencia y con los mensajeros; organiza tandas para ofrecerle el primer número a la que ha enviudado, a la que tiene algún pariente en el hospital, o a la abandonada con cuatro o cinco hijos. En fin, muchos la quieren, la siguen y la admiran, aunque muchos la critiquen, la vilipendien o la detesten.

Diversos aspectos, en pro y en contra, podrían mencionarse a propósito de esta mujer con personalidad compleja y respetable, tal que soporte un marido altamente celoso o engañe a su "buen hombre", que haya permanecido soltera toda su vida o que les dé carrera a sus hijos, a pesar del temprano divorcio.

Pero, por último, aquí sólo se hablará de un tercer aspecto, muy delicado: el erótico.

Cuenta, en primerísimo lugar, con su *sex-appeal* de mamazota, hecho que le abre el firme camino hacia la seducción, aunque su actitud no siempre es la de la conquista. Su presencia se aproxima un poco al sueño escultórico, a la mundana necesidad por lo eterno, en una persistente lucha contra el implacable transcurrir de la vida.

Bien, una vez que se interesa por el hombre que podrá recibir sus primores, avanza decididamente, apenas razonando en propósitos concretos, actitud que a veces ocasiona en él miedos, tartamudeos o regresiones contundentes a la infancia. Llega ante el predestinado como por descuido, lo ataca serenamente con un escote mayúsculo y se le acerca a muy poca distancia. Hincha y deshincha los senos de manera sutil pero sistemática, la línea que ellos forman cobra vida, se aclara y oscurece, y se clava en el centro de la mirada del que está siendo seducido. Una vez que los pechos han realizado su labor, cesa la dilatación y los aleja; avergonzada y disculpándose con monosílabos apenas pronunciados, hace intentos infructuosos por dibujar con los bordes de su blusa transparente o medio neblinosa una uve minúscula. Hace como que se fastidia de la manifestación de tales pudores y da a entender, con un mohín de disgusto y un chasquido de boca, que a final de cuentas ya existe confianza entre ellos. Toma asiento cerca de él, cruza la pierna izquierda, cuya pantorrilla balancea rítmicamente con el fin de mostrar y esconder el encuentro de la media con el firme tirante de un liguero negro. En el transcurso de la charla sus labios modularán pucheros sensuales, sonrisas infantiles, mordeduras accidentales y adjetivos grandilocuentes. Sus manos tocarán al excitado interlocutor en el hombro en plan de íntima confesión, en el brazo luego de una ocurrencia humorística, en los muslos en plan de chisme sexual, hasta que naturalmente termina por quitarle las motitas del saco, centrándole a la perfección el nudo de la corbata.

Así, pues, con dos o tres encuentros como el anterior, el hombre quedará sensibilizado, convencido y se garantizará la primera cita entre ellos. Lo que vendrá después, la maravilla o el fracaso, únicamente la pareja lo sabrá.

Vale decir en este final que algunas gentes de su oficina cuestionan los aquí pormenorizados procedimientos de la mujer; no obstante, otras opinan que son justos, arguyendo que no siempre el hombre debe ser el de las iniciativas. Pero quizá exista algo triste y descorazonador: diversos síntomas sociales parecen indicar que en estos momentos el proceso de La Mujer Mamazota se encuentra metido en un serio atrofiamiento.

PARABOLA DE UN HUESO DIFICIL DE ROER

Agustín Monsreal

Bájate de esa nube, me pidió ladinamente la tía Genoveva mientras bebía té coreano a la sombra de una luna tan
baja y luminosa que nos obligaba a usar gafas oscuras y a caminar casi a gatas por el jardín: Estar trepado todo el tiempo en
una nube no es sano, no es normal. Anda, baja de ahí. Tú sabes que te lo digo por tu bien. ¿Verdad que se lo digo por su
bien?, preguntó sin dirigirse a ninguno de sus criados, quienes
sacudieron afirmativa y domesticadamente sus cabezotas inser-
vibles. ¿Lo ves, mi lindo? Vamos, baja de una vez. Comprende que vivir en esa nube no te conviene, tienes que abandonarla, ser como los demás, poner los pies en la tierra, pensar
en el futuro, en la felicidad.

En realidad nunca he sido muy propenso a pensar en tales paliativos. Y ahora menos. Porque así como el personaje de
Henry James ("El último de los Valerios") adoraba una estatua
teniendo una hermosa mujer, yo adoro una nube. Y esa nube
es mi vocación, mi valor, mi destino; es mi ternura, mi razón
de ser, mi bien terrestre único e insobornable. Dejarla significaría una cobardía, una traición inmedible. ¿Y qué sería de mi
existencia sin ella sino una falsedad, una impudicia, una abyección definitiva, un fracaso?

Así que, apropiándome de las indoblegables palabras
de Bartleby, repuse que preferiría no hacerlo. La luna hiena
sonrió y se alejó un poquito. Los ojos de la tía Genoveva se

aborrascaron detrás de los cristales ahumados. Piénsalo bien, me amagó con taimada dulcedumbre. No necesito pensarlo dos veces, le contesté, y aproveché para untarle en las orejas aquella escrupulosa frase de Poe: "Acuñar moneda con el propio cerebro, a una señal del amo, me parece la tara más dura de este mundo". Eso es literatura, babeó la vieja sinuosa con sorna, con un inocultable rencor: Tienes que ser práctico. Déjate de tonterías y baja ya. Pero ocurre que hay obediencias para las que estoy negado. De manera que dije no. Y los criados, empequeñecidos y encanallados por una mansedumbre de toda la vida, se espantaron, muequearon, cacarearon, remolinearon, se emboscaron para intrigar en mi contra, para imprecarme, para solaparse su pobrecía, confortarse en su poquedad, salvaguardarse del contagio de la sedición. Porque ya se sabe que decirle no a la tía Genoveva es lo peor que puede hacer un hombre, lo más peligroso, lo que margina, desmantela, condena irrevocablemente, invalida, aniquila. "Nuestro planeta fue hecho para quienes asienten, conceden y toleran", escribió alguna vez Julio Torri. "Los que contradicen no son de este mundo."

Está enfermo, chillaron ejauriados los lacayos de la tía Genoveva: Necesita ayuda profesional, está loco. Y con ese fervoroso sentido común de los cretinos determinaron despojarme de casa y de trabajo, cerrarme las puertas, cambiar las cerraduras, dejarme desnudo, en la miseria, y aun así porfié que no, y entonces empezaron a golpearme duro y a la cabeza, duro y al cerebro, duro y al origen de la terquedad, duro y sin misericordia para que entendiera, para hacerme entrar en razón, para extraerme "esa nube maligna que te está arruinando". Y entre golpe y golpe la querida tiíta me rogaba perniciosamente: Hazlo por la mujer que amas, hazlo por el hijo de tu sangre, hazlo por tus hermanos, por tus padres, hazlo por la integridad de tu hogar, hazlo por la fe cristiana que te inculcamos, hazlo por la sociedad. No seas testarudo, no seas intransigente, no seas rebelde. Desciende de tu nube y todo te será perdonado. Mira a tu alrededor, todos te queremos. ¿Por qué insistes en causarte daño, en perjudicarte, en destruirte?

No cedí, sin embargo. Y fueron días y semanas y dos meses y medio de soportar indignidades, torturas, escarnios. Y no me rendí. Y entonces, parapetados en su infame impunidad, corrieron entre los habitantes del jardín la cobarde especie de que el pobre Agustín se había vuelto loco, y que no tenía remedio. Y luego, creyéndome arruinado para siempre, me echaron a la calle como quien se deshace de un mueble viejo, de un andrajo. Pero la tía Genoveva y sus militantes de la servidumbre ignoran, que como apunta Juan José Arreola, "el hombre nunca tendrá una sola cabeza, para que alguien pueda segarla de un golpe". De modo que a pesar de las depredaciones y de las canalladas con que me batallaron, todavía respiro, y todavía soy capaz de procurarme un pan, y todavía traigo en su sitio mis redaños y mi nube anda conmigo.

ENTRE AMIGOS

Alejandro Rossi

Los buenos cuentos, me han dicho, comienzan en un lugar definido. El lecho de un moribundo, la orilla de un río, un velorio o un burdel. Estoy de acuerdo, así debe ser, no hay tiempo, no hay espacio para las ramificaciones interesantes, la historia de la bigotona abuela portuguesa, los veraneos en la playa y los sofocos ante el cuerpo enorme y desnudo de la madre entrevisto desde la terraza del hotel. No hay tiempo para inventar la biografía de Da Silva. Apenas lo tengo para decidir, un poco a la carrera, cuál será el sitio en que debe aparecer por primera vez. Pienso que lo mejor es verlo cuando entra al Colegio, a las ocho de la mañana, casi siempre vestido de franela gris, con un portafolio negro reluciente, caminando rápido hacia la "brigada" de los externos. Estamos entre jesuitas, claro está, y hay que saludar al padre Williner, flaco, altísimo, lacónico, cuello de avestruz, naturalista apasionado (un mosquito del río Paraná lleva su nombre), un sacerdote de sotana limpia en cuya cabeza vemos un raro y pequeñísimo bonete. Le tiende la mano a Da Silva como lo hace siempre: sin alegría, más bien con un fastidio resignado, pero el rostro es sorpresivamente cordial y burlón, convencido —creo yo ahora— de que todos éramos unos hipócritas. Da Silva apenas inclina leve la cabeza y sin mirar a nadie se dirige a su pupitre, al fondo del salón, muy lejos de Williner. De un perchero que recorre la pared entera descuelga un guardapolvo blancocrema, lo examina para saber si es el suyo, se lo pone y comienza a abotonárselo calmosamente, con sabrosa meticulosidad. Pareciera que cada botón que entra en el ojal es una victoria. En realidad gana tiempo y, de paso, se disfraza de alumno aplicado. Se sienta, abre el magnífico portafolio, extrae un libro, no, ése no, lo vuelve a meter, vacila, reflexiona Da Silva y al fin elige el adecuado. Lo abre, es cierto, pero si observamos bien, advertimos que lo ha abierto sin fijarse ni en el capítulo ni en la página. Ahora podemos verlo con mayor claridad allí sentado, pulcro, la mirada perdida en la espalda de un condiscípulo. Llama la atención el peinado perfecto, una cabellera espesa limpiamente cruzada por una raya baja a la izquierda. El cuello es corto, los ojos son pequeños y muy redondos, de un color castaño claro. La piel del rostro tiene pecas, unas pálidas pecas que contrastan con los labios inesperadamente gruesos, carnosos, vagamente exóticos. Da Silva casi no se mueve; impecable y silencioso deja pasar el tiempo, sin nerviosismos matutinos o angustias escolares. Ya en el aula —las brigadas sólo son centros de reunión— Da Silva de nuevo busca un lugar difuso, ni los costados ni las filas delanteras, prefiere el centro, hacia atrás, baja la cabeza, se escurre en el asiento, no es muy alto, ya no lo vemos, ya desapareció. Una técnica la suya sin duda admirable y basada esencialmente en la inmovilidad. Cuando algún profesor —por puro azar— lo descubre y lo interroga, Da Silva se pone de pie, repite la pregunta y no responde: sus ojos redondos miran al profesor con una cortesía atenta que pertenece —yo diría— a otro repertorio de conducta, el propio de un valet quizá, no el de un alumno. El profesor se desconcierta y en el peor de los casos lo regaña distraídamente mientras Da Silva asiente como si le encomendaran una tarea honrosa. Así era Da Silva en el último año del bachillerato. Me he demorado en esta descripción porque no soy capaz de caracterizarlo en unas cuantas frases. No sé qué pensaba cuando permanecía tan quieto o cuando se miraba con tanto cuidado en el espejo de los baños. En esa época no me intrigaba y me repugna intentar ahora una reconstrucción interior de Da Silva. La verdad es que no fuimos muy amigos y, por eso, es difícil seguir una secuencia clara. Me faltan recuerdos. Es imposible. por ejemplo, reproducir la cadena de acercamientos progresivos que sin duda deben haber ocurrido para que Da Silva de pronto esté con nosotros en un café a las seis de la tarde. Porque ahí está con su franela gris y su corbata tejida azul y rojo. ¿Qué hace Da Silva? Escucha lo que cuenta Ocantos —el gordo Ocantos— sobre la cacería africana de un tío suyo. Las largas caminatas, las picardías de los aborígenes vencidas por la astucia del tío, las noches estrelladas, el cuidado de las armas y, naturalmente, el enfrentamiento final con el tigre o el león. El gordo presiente nuestra impaciencia y pasa a la escena que le importa. Las aventuras, nos dice, se las relató anoche el tío en su mitológico estudio, la famosa madriguera de lujo que tanto menciona Ocantos. Paredes de madera fina, libros, pistolas, retratos ilustres, sillones profundos, whiskey en abundancia. El tío le sirve una copa, se enfrasca en la narración, afuera llueve, ya es muy tarde. No chistamos, todos estamos dentro de ese cuarto admirable y una sabiduría innata nos impide hacer preguntas impertinentes. Deseamos, sin embargo, que el gordo no cargue la mano. Porque nosotros vivimos un estado confuso: sabemos que Ocantos exagera descaradamente y a la vez nos carcome la envidia, es decir, queremos que exista esa cueva perfecta. Podemos escribir, entonces, que Da Silva oye nuestras mentiras. No ha intervenido para nada, pero yo sospecho que no le desagradan y es muy probable que le dieran confianza. Lo creo así, porque un día comienza a hablarnos de un amigo a quien suele acompañar en sus compras. Camiserías, florerías, sastres, licorerías lujosas. Un amigo excepcional, bien recibido en las tiendas y de un gusto infalible. El petiso Anchorena, murmuró Da Silva una tarde. Y como prueba de que el dandy no es imaginario de inmediato nos enseña una tarjeta de visita. ¿Para qué la trae? ¿Acaso le envía flores? Da Silva no se inmuta o no entiende el chiste y para asombro de todos nosotros coloca sobre la mesa veinte o treinta tarjetas del petiso Anchorena. Nos explica que las utiliza con frecuencia y que muchas veces sale a la calle con el solo propósito de entrar a una tienda, consultar algo y bajo un pretexto cualquiera sacar la tarjeta y dársela al vendedor. El efecto, según él, es maravilloso, sonrisas y amabilidad, desde luego, pero sobre todo respeto, un respeto denso y pastoso. Da Silva, claro, no era un muchacho verbalizado, los adjetivos son míos, él sólo dijo, no lo olvido, que ese apellido "retumbaba" en Buenos Aires.

¿Nos gustó esa anécdota? No hay, pienso yo, una respuesta tajante, afirmativa o negativa. Nos asombró la desfachatez de Da Silva y ciertamente admiramos la audacia. Pero también nos dejó una molesta sensación de vergüenza, como si Da Silva fuera el espejo de nuestras mediocres fantasías. Lo criticábamos desde una posición insegura: quizás nos habría gustado, sí, nos habría gustado que Da Silva fuera el petiso Anchorena, rico, potente, con una llave de oro en la mano. ¿Qué le reprochábamos, entonces? ¿Por qué ese desprecio velado? ¿No nos hizo acaso un favor a todos cuando nos ofreció su casa después de enterarse de nuestras erráticas excursiones sexuales? ¿Su casa? Sí, su casa, explica Da Silva, sus padres están fuera, en Sâo Paulo, y él vive solo, con las criadas y un chófer. Aceptamos la oferta al instante. Pedro y yo organizamos la concurrencia. El se encarga de que un viejo diplomático venezolano le ceda las direcciones de dos chicas; yo, por mi parte, citaré a la brasileña, rubia frondosa, treinta años confesados, afable, sin prisas, dueña de un minúsculo departamento a la vuelta del Colegio. Tengo buena memoria y aseguro que·Da Silva insistió en que era necesario comprar pastelitos y servir un té completo. El sábado a las cinco de la tarde tocamos el timbre de una pequeña puerta. Abre Da Silva y subimos por una estrecha y desagradable escalera. Nos conduce a una salita con una mesa demasiado grande, un feo sofá y unos sillones cuyos detalles francamente no recuerdo. La brasileña, pienso, vive como una reina. Pero casi a continuación Da Silva nos informa que éstas son las habitaciones del servicio. Las recorremos, tres dormitorios normales y en el más amplio, al fondo una puerta que comunica a la otra parte de la casa. El *piano nobile,* supongo. La brasileña, más familiar, más ávida tal vez, se acomoda tranquilamente en el sofá y no rehúsa ni el té ni los pasteles. Las otras dos, un par de mujeres soberbias, bien vestidas, llegan retrasadas, se desconcietan un poco al vernos, no se sientan, curiosean, se ríen, exigen licores que no tenemos, piden música, quieren bailar, se ríen, se ríen mucho. Da Silva revolotea por la casa y nos asigna los cuartos, Jáuregui se niega a irse con la brasileña, siempre lo mismo, para eso no venía, Pedro y yo lo convencemos, después te toca, no seas idiota. Pero esa vez Jáuregui se quedó con las ganas, porque todas se vistieron rápido, picotearon un pastelito y se fueron. ¿Y Da Silva? Ahí está, sentado en la sala conversando con un hombre cincuentón y mal afeitado. Debe ser el chófer. No nos gusta el tipo y menos aún cuando alude socarronamente a los dulcecitos. Da Silva no se defiende y nosotros ya no tenemos ganas de estar en esa sala.

Y, sin embargo, volvimos, dos, tres o cuatro veces más. Los padres, según Da Silva, iban y venían y a nosotros, lo escribo sin orgullo, nos parecía natural que las putas fueran a su casa. Ya sabíamos que Da Silva cogía poco, aunque sí le gustaba abrir las puertas y sorprendernos durante unos segundos. Es muy difícil no aprovecharse de la debilidad ajena. No abusamos, es verdad, pero entrábamos y salíamos de las habitaciones como si fuesen nuestras. Nos creíamos casi los dueños, es cierto, no lo niego. El tiempo, sin embargo, corrige las cosas y ahora, a la distancia de tantos años, no estoy tan seguro de cuál es la interpretación justa. A lo mejor Da Silva era un complicado bromista sexual que nos utilizaba ampliamente. Si es así, se rompe la continuidad entre nosotros y él. Deja de ser nuestro espejo, pero también deja de ser nuestro compañero. Nos convertimos en los ignorantes escolares de Da Silva. No tan malos, en el fondo, porque nunca le dijimos que habíamos descubierto que la puerta de la habitación grande daba a un muro.

CORRESPONDENCIA SECRETA

Hernán Lara Zavala

A Conchis y Rafael Ramírez Heredia

Que yo sepa y en contra de sus más aviesas intenciones, Marion Bloom *(née* Tweed) nunca llegó a publicar las tan anunciadas *Memorias de Master Poldy* en las que se proponía denunciar públicamente las proclividades sexuales en las que solía incurrir su esposo. Poco después de la muerte de Master Poldy, sin embargo, Stoheby's remató una serie de cartas escritas a partir de un anuncio publicado en el *Irish times* en su ya desaparecida sección "The Degenerate's Corner", que me llevan a la casi certeza de que fueron escritas por el puño y letra del propio Poldy. Pero hagamos un poco de historia.

Hurgando sin malicia alguna en la biblioteca de la casa de la familia Rowntree, fabricantes de chocolates de la ciudad de York en Inglaterra, di, por mero azar, con una amplia colección de cartas antiguas acomodadas en pequeños paquetes atados cuidadosamente. Uno de esos paquetitos, acaso el más delgado, tenía un recorte de periódico adjunto con un clip. Sin realmente proponérmelo me encontré de pronto embebido leyendo lo que se supone era la correspondencia que a partir de un anuncio en el periódico se había establecido entre un hombre que firmaba como Henry Flower y una tal Juliette. La impresión que me causaron estas cartas fue tanta que de inmediato me propuse copiarlas a mano una por una.

39

Afortunadamente aquella noche —un sábado en que por cierto llovía a cántaros en la ciudad de York— me hallaba solo en casa de los Rowntree. Mi amiga y anfitriona, Prudence, se había ido con su hermana Pip (Philippa) y con su madre a una boda. Logré terminar con mi labor en el preciso instante en que la familia volvía a casa. Metí cada carta en su respectivo sobre, até el paquetito con la cinta de cáñamo con que lo encontré y acomodé la correspondencia en su lugar. Cuando le pregunté a Pru *en passant* sobre esos "documentos", así en abstracto, me comentó que su padre —ya finado— había sido coleccionista de cartas "excéntricas". La mayor parte las había adquirido en diversas subastas, me aclaró, y en seguida me mostró una relación en la que se consignaba la procedencia, el valor y los supuestos autores de dichas cartas. No comenté ni pregunté más. Las cartas que yo leí le costaron L 50 y fueron adquiridas en 1932.

Estas cartas permanecieron inéditas cuando menos cincuenta años. Las publico ahora, por una ironía del destino, lejos de la Irlanda donde Marion Tweed hubiera deseado darlas a conocer.

Debo aclarar que el orden que he seguido para presentarlas obedece más a mi intuición que a la cronología exacta en que fueron escritas pues ninguna llevaba fecha. Soy pues el único responsable de la edición. He dejado a propósito algunas partes en inglés ya que consideré que ciertos efectos del original no debían perderse mediante mi torpe aproximación. El seudónimo evidente con el que firma el hombre (Henry Flower) así como ciertos manerismos y recursos estilísticos, me han llevado a suponer que estas cartas fueron escritas durante una época muy cercana —tal vez medio año más tarde— a aquella durante la cual Master Poldy sostuvo su conocida aunque fragmentaria correspondencia con la enigmática y simplona Martha Clifford. Juzgue pues el lector la pertinencia de mis conclusiones.

Mujer joven interesada en los trabajos de Sacher Masoch desearía relacionarse con un hombre maduro y sensible versado en la obra del Divino Marqués.

Box 169

Dear "Box 169",
Permítame aclararle que siempre me han despertado desconfianza este tipo de anuncios clasificados. Considero que la mayor parte de las veces no son sino engendros mentales creados ex-profeso por charlatanes, advenedizos o frustrados sin otro propósito que el de burlarse, abusar o sacar provecho de las más íntimas y arraigadas pasiones ajenas. Desconfío también de aquellos pobres seres que no poseen el atractivo, el talento o la imaginación para buscarse por sí mismos los "correlativos-objetivos" a sus deseos y ensoñaciones. Aún así he decidido escribirle porque su anuncio deja entrever un poco de ingenio y de cultura. Dígame, ¿es usted Vénus a la *fourrure* o Justine?

Henry Flower

Querido señor Flower,
El héroe de Sacher Masoch lleva una vida más regalada que la de Justine. ¿Por qué? Todo parece indicar que el hombre es más cruel y ciertamente más ingenioso que la mujer. Aunque mi experiencia es limitada, desearía descubrir si existe alguna verdad en mis palabras. Su obediente servidora.

Juliette

Querida Juliette,
¿Cómo estar seguro de que es usted realmente una mujer? Déme una prueba contundente.

41

Henry Flower (El Desconfiado)

Querido Desconfiado,
Nosotras las mujeres cuando estamos enamoradas nos convertimos en esponjas y absorbemos todo cuanto emana de nuestro objeto amado. Dejamos de ser lo que éramos y nos asimilamos, nos perdemos en el otro. Sólo concibo dos tipos de seres satisfechos en el mundo —y eso momentáneamente—: la amante apasionada y el artista en su creación. Pero no hay que olvidar que la pasión y el genio representan un desorden y que toda felicidad es también una suerte de infelicidad.

Ahora usted, ¿con qué argumento me probaría que es un hombre?

Escéptica

P.D. Dígame cómo es usted.

Querida Escéptica,
Los hombres nunca somos uno sino un mínimo de dos. Los viejos no mueren una, mueren dos veces en el curso de sus vidas. Aquéllos que mueren jóvenes mueren siempre una muerte doble.

Tal vez estas cartas resulten más estimulantes que el más intenso encuentro personal pues nuestros actos son finitos y falibles, mientras que el poder de la palabra escrita ni conoce límites ni está sujeto a las contingencias del tiempo. En cuanto a mí prefiero lo perverso a lo sagrado, a lo normal y la locura a la banalidad. Acabo de cumplir los treintaicinco años y siempre visto de negro.

Intereses: La filosofía, la religión y la literatura.
Acciones: Pocas y en su mayoría mentales.
Pasiones: Profundas y secretas.

P.D. Tú también háblame de ti y envíame un zapato tuyo.

Querido Werewolf,
Me aburro: mi *fiancé* es un hombre joven, fuerte y vigoroso cuyo único defecto es tratarme como si fuera una niña. Vermund tiene sus aventurillas pero se niega a ejecutarlas conmigo. Debo parecerle muy infantil o muy desvergonzada pues he intentado por todos los medios que me instruya pero no lo he logrado.

Como ves soy prácticamente una novata. He conocido la pasión sólo de manera indirecta pero me invade una gran curiosidad. Ardo en deseos de entablar una relación contigo, de que me brindes el honor de convertirme en tu esclava. Déjame besarte los pies y sentirme encarcelada entre tu experiencia y tu voluntad. Prívame de toda decencia y de todo respeto. Diviértete con mi persona, humíllame. Cíñeme en el más estrecho y cruel de los corsets, cálzame los más altos tacones. Vence mis ya pocas resistencias y déjame servirte como tu más humilde sierva.

Diana

Querida Diana,
¿Con que te aburres? El próximo domingo cuando Vermund pase por tí ponte por toda ropa un abrigo de piel y una botas. Cuando me contestes repórtame tu experiencia.

Acteón

Querido Acteón,
Seguí tus instrucciones: completamente desnuda me calcé unas botas altas de cuero, me puse mi abrigo de chinchilla y

43

un sombrero y me dispuse a esperar a Vermund. Cuando pasó por mí me llevó a la iglesia y luego a almorzar a un restaurante. Entonces quiso que me quitara el abrigo pero me negué argumentando que tenía frío. En la tarde fuimos a tomar el té a casa de sus padres y fue donde más sufrí pues mi suegro insistía en que me quitara el abrigo para que estuviera cómoda y creo que llegó tan lejos como para desabrocharme uno o dos botones.

Juliette

Juliette querida,
Tus palabras no son sino guías en un bosque profuso, oasis en un desierto y luces que me iluminan entre los oscuros senderos de la vida. Busco el dominio y el sacrificio de la cervatilla juguetona e impetuosa en la que imagino te convertiré. Todos somos prisioneros de algo o de alguien y sólo a través de los barrotes tenemos la oportunidad de atisbar esa libertad en la que soñamos. Deseo que me beses la palma de mi mano derecha y que cumplas sin chistar mis órdenes y mis satisfacciones.

Henry Flower

Querido ————————,
(Dejo de lado tu nombre pues deseo que me indiques cómo quieres que me dirija a ti de aquí en adelante).
   Si a medida que me conozcas mejor descubres que no poseo el talento para brindarte el placer que necesitas estaría dispuesta a cualquier cosa para al menos serte útil. Creo que, en efecto, soy imaginativa y aprendo rápido. Aceptaré tus correcciones y tus órdenes sin reparar en lo humillantes o dolorosas que sean. Puedes estar seguro que seré obediente y

comprensiva. Escríbeme lo que se te ocurra que nada podrá ofenderme. Yo trataré de hacer lo mismo. ¿Te importaría que pensara en ti como el Imperioso Amante de mis Sueños?

Tu cervatilla

Iluminadora amiga,
Imagina un primer encuentro entre nosotros: estamos en el estudio de un pintor amigo, entre lienzos, frascos, pigmentos y olor a aceite, pintura y aguarrás. El recinto se halla a oscuras salvo por la flama que irradia una vela gruesa y ceremonial. Llegas y sin pronunciar palabra, te despojas de tus prendas de vestir. Te acercas a mí y me dedico a explorar *las más frías y las más cálidas partes de tu cuerpo*. Entonces procedemos al oficio y me revelo como the gracious demanding master with lash and slave, cruel tyrant of love and woman. Así comenzamos *una serata nera*.

Henry Flower Lighted

Querido Flower Lighted,
Hace poco mi amiga Lena me invitó a su casa para que conociera a su prometido. Tomábamos el té y comíamos sandwiches de sardina y de pepino cuando Lena, por un descuido, tiró la jarrita de la crema sobre la alfombra. Su prometido atrajo a Lena hacía sí, la colocó sobre sus rodillas, le levantó la falda y le empezó a dar de nalgadas. Yo no supe qué hacer y salí huyendo de allí. Pero debo confesar que no he olvidado la imagen de Lena gritando y pataleando mientras su prometido le propinaba una buena tunda.

Juliette Spanked

45

Mi lady,
Si en verdad deseas convertirte en mía he aquí mis órdenes:
Ponte una medias negras con ligueros, zapatos de tacón alto de color rojo, unos guantes negros hasta el antebrazo, un pequeño delantal blanco que cubra mínimamente tus partes pudendas y una cofia —también blanca— en la cabeza; píntate los pezones de color rosa tenue y déjalos al descubierto. Así vestida deseo que releas mi próxima carta y así vestida deseo que te hagas fotografiar y me envíes tu retrato. Sólo así te podrás sentir triunfante en mis cadenas.

El Imperioso Amante de tus Sueños

Imperioso Amante de mis Sueños,
Delicada de cuerpo como soy te envio mi fotografía en la indumentaria que me ordenaste,

Tu obediente servidora

Juliette

(Fotografía adjunta siguiendo al pie de la letra las indicaciones de H.F)

Mi querida Cervatilla,
Gracias por la fotografía. Me aceleró el pulso y me suspendió los sentidos. Tal vez yo sólo sea un escritor, un escritor que ya se siente viejo, a pesar de que su cuerpo no lo es, a causa de haber buscado a alguien como tú durante años sin conseguirlo. Tengo la misma edad en la que *Shakespeare concibió su dolorosa pasión por la dama oscura y en la que Dante se adentró en la noche de su ser.* Has logrado reducir mis inte-

reses y agrandar mis sufrimientos. Empiezo a temerte.

Henry Flower

Extraño hombre con extraños deseos,
¿Acaso posees ya la llave de mi corazón? Te pido que me hagas un favor, el único que te he de pedir pues conozco que el destino de los esclavos es obedecer sin preguntar, sin exigir nada a cambio: rogar, esperar, desear y satisfacer son lo que me tiene deparado el futuro y no anhelo otra cosa. Dime, ¿eres casado? Por favor, por favor mi amante, no te molestes y contéstame; mientras, piensa que en mí tienes a un ser que puedes tratar a tu voluntad. Me sentiré honrada de convertirme en tu abyecta esclava y haré todo lo posible para satisfacerte: seré tu criada, tu caballo, tu silla, tu taburete, tu puta... No sigo pues tu imaginación debe ser más ardiente que la mía.

Te amo por lo que eres,
Juliette

Querida esclava,
Soy casado pero en el fondo de mi corazón me hallo totalmente sólo. *Soy un pobre desarraigado en este mundo y no entiendo un ápice de mi destino ni del destino de los demás, que he vivido, que he pecado y que he creado y que un día he de morir sin entender nada en la oscuridad que nos ha engendrado a ti y a mí...* es todo lo que sé. Me parece que ha llegado el momento de conocernos. Así que mi amada, te mando por una vez una carta amable. Al contestarme dime si estarías dispuesta a que tuviéramos un encuentro. De ser así prometo serte cruel. Te pido sólo un favor: al responderme evita poner tu nombre en el remitente del sobre pues mi mujer ya está al

47

pendiente de nuestra correspondencia.

Tu amo
Henry Flower

Querido amante,
·¡Casado! ¡Nunca lo imaginé! ¿Qué necesidad tenemos de conocernos personalmente cuando nuestro encuentro se ha postulado como meramente espiritual, platónico diría yo? Debes saber a estas alturas que soy una mujer de cierta posición social y no puedo exponerme al escándalo por más que quiera liberarme de mi prisión corporal. Aceptaría, sí, la entrevista que me pides, con la condición de que sigas punto por punto mis indicaciones. El viernes 15 de septiembre a las cuatro de la tarde te presentarás en el Ormond Hotel identificándote como Henry Flower. El conserje te conducirá entonces hasta una habitación. Ahí me esperarás con las cortinas cerradas, a oscuras y con los ojos vendados. Sólo así consentiré tener una entrevista contigo.

Tu Juliette

Mi Juliette,
El viernes 15 de septiembre seguí fielmente tus indicaciones con la vana esperanza de encontrarte al fin. A la hora acordada escuché unos golpes en la puerta. Con los nervios deshechos y con la ilusión de alcanzar por fin la felicidad puede apenas pronunciar la palabra "adelante". Lamentablemente resultó que no eras tú sino un doméstico del hotel que me traía una nota tuya y que me encontró como un imbécil en una habitación a oscuras y con los ojos vendados. En la nota me decías que no asitirías a la cita pues de sólo pensar en la entrevista te estremecías y temblabas ante las posibles con-

secuencias de tan descabellado encuentro. Ah, ya empiezas a mostrar tu miedo o tal vez te has arrenpetido de entablar una relación conmigo. Mucho me temo que ya es demasiado tarde. Te ordeno que te reunas conmigo el 15 de octubre en el mismo lugar y a la misma hora y no faltes porque podría costarte caro.

Tu amo
Henry Flower

P.D. XXXXX OOOOO
Código: X— bofetadas O—mordidas

Querido Henry,
Tengo una cita para ti que estoy segura habrás leído antes pero que ahora te recuerdo pues no conviene que la olvides: "El hombre, aun cuando se sienta malo o egoísta, se rige inevitablemente por principios. Nosotras, las mujeres, no obedecemos más que nuestros impulsos. Sólo el terror engendra inteligencia."

Strapping young woman

¿Juliette?
La palabra "strapping" puede interpretarse de diversas maneras. Como adjetivo significa fuerte, poderoso. Como verbo, azotar, usar el látigo o puede significar el uso de "straps" para dejar a una persona maniatada e indefensa... Dime en qué sentido estás usando esta palabra.

Au flagellante?

Querido Flower,
Dominatrix Imperios, playful and impetuous of moods and
m o m e n t s

Young Woman albeit a bit strapping

Dear Strap-happy,
Alas, Acrack and Alash! Stripped or/and strapped? No hallo
estímulos suficientes en estas sutilezas verbales que sólo la
superficie sin dar satisfacción ni al cuerpo ni a la mente. De-
voto apasionado del birch y del switch, del slipper y del strap,
así como de the Count's qworks (sic), me gustaría incurrir
en el más Whimsical de los deseos si es que acaso sabes usar
tus instrumentos con habilidad, con gracia y con fuerza. Nos
vemos el 15 de octubre en el Ormond Hotel para lo que quie-
ras jugar, víctima o villana.

Very masochistically yours,
H.F.

My poor boy,
Si de veras quieres servirme como esclavo he aquí mis reglas:
Primero —tú, cretino— quítate la ropa. Puedes dejarte
los calcetines y los zapatos pues detesto los pies desnudos de
cualquier hombre. Déjame abofetearte, una, dos, tres veces
por haber sido tan inútil: ¡mira que necesitar un anuncio
para conseguir una amante! Antes que sueñes con siquiera
verme dame tus señas: estatura, peso, lengua, pene —cualquier parte que pueda beneficiarte para que decida si eres mínimamente aceptable. Si todavía deseas una cita, suplícame-
lo, ¡usa tu supuesta imaginación para convencerme! En un
cuartucho de hotel... ¡bah! Ya te dije que soy una mujer de
clase. Si deveras quieres verme bríndame una alcoba blanca

y espaciosa, con un enorme sofá de cuero negro con cojines forrados de armiños y pieles de oso polar tendidas por el piso. Cierra los ojos y piensa en mí —una mujer misteriosa— que te brinda la oportunidad de tu vida: zapatos negros con tacones altos, medias oscuras con liguero; los senos al aire, los ojos felinos, las manos crueles y las uñas muy rojas y listas para rasguñarte en el momento que menos te lo imagines. El látigo a la mano, el collar de perro presto para encadenarte.

¿Listo my boy?

Arrástrate hasta mis pies, quítame las zapatillas y empieza a lamer mis uñas.

Tú sé como quiero que seas pues de otra manera nunca, ¿lo entiendes? nunca me podrás conocer.

Wanda

LA CREACION

Francisco Hinojosa

Dios dijo, con su inigualable Voz, "Haya luz". Pero algo salió mal en la Articulación del sustantivo que el resultado no fue el previsto: la luz eléctrica. Y con ella solamente la noche y pronto el primer apagón. La gente robó en las calles y asesinó. La gente violó a hermosas muchachas, perpetró asaltos, consumó parricidios, espantó ancianas, secuestró industriales y urdió, en medio de los congestionamientos de tránsito, horrorosos planes de venganza. "La oscuridad —se dijo entonces Dios para sus Adentros— ha suscitado la maldad entre los hombres."

Había que corregir el error, grave si se considera que fue cometido por el Omnipresente. Para hacerlo, Dios apuntó primero en un papel su siguiente Deseo —oh divina Grafía— y luego lo articuló con su mejor Pronunciación: "Hágase la bondad." Y la bondad se hizo al instante bajo el hálito nocturno que aún envolvía al mundo. Aunque no sin cierta carencia de matices a los que estaba poco acostumbrada la humanidad—: el altruismo. Los niños ayudaron a las ancianas a cruzar las calles, los prójimos ofrecieron a sus mujeres, los tiranos recolectaron dinero para la cruz roja, los mendigos abrieron cuentas de ahorro, el ejército se ofreció a cuidar bebés mientras los padres iban al cine, la gente empezó a darse la mano a la primera oportunidad e intercambió con sus semejantes voluminosos paquetes de regalos. En los hospitales se trasplantaron millones de ojos y riñones y se hicieron innumerables transfusiones de sangre; en la mayoría de los casos como un intercambio amistoso entre los propios donadores. Entonces, no contento con la supina melosidad de su última creación, más bien aburrido de ella, Dios musitó: "Quiero algo más normal...Algo así como la vida cotidiana." El acatamiento de la orden no se hizo esperar. Con alegría todos se lanzaron a las calles, acudieron a sus trabajos, se tomaron el día libre, se embarcaron hacia otro puerto, se dejaron operar en los sanatorios, dijeron a sus hijos que no confundieran la libertad con el libertinaje, se dirigieron hacia el subterráneo, hablaron francés, hurgaron en sus narices, comieron asquerosos purés. Una deliciosa rutina lo cubría todo.

El tiempo pasó lentamente, marcado por el ruido de las fábricas de textiles y por el rechinido de los neumáticos en el pavimento. Hasta un buen día en que Dios se asomó a la Tierra: las cosas seguían igual: como si hubiera visto ya muchas veces la misma película. Era algo realmente aburrido. Un poco aturdido por el griterío en las tribunas de un estadio de futbol, ensordecido por las porras, decidió acabar de una vez por todas con la monotonía de la vida cotidiana. Se apresuró a decir: "Háganse la soledad y el silencio."

El partido de futbol se terminó y cada uno de los ex fanáticos se retiró a su casa, a una buhardilla o a un tranquilo paraje marítimo. Las familias, las órdenes religiosas, los clubes de rotarios, los burós de arquitectos, los equipos de polo los amantes, las academias y todo tipo de sociedades se disolvieron y sus ex miembros corrieron a buscar un lugar apartado donde vivir. Los individuos reflexionaban, concebían ideas, meditaban, leían a david hume, abrían su corazón al recuerdo, hurgaban en las profundidades de su alma, hacían yoga, se introvertían.

A Dios le conmovió tal orden y quietud. Gozaba con la soledad de sus criaturas porque de esa manera El también tenía para Sí momentos de Apartamiento. Y porque podía distraerse si lo quería espiando lo que la gente escribía en soledad. Leyó cuanto manuscrito tuvo a su Alcance: diarios, cartas, sonetos, aforismos, libelos. Así percibió en toda su magnitud el regocijo que muchísimas personas tenían para consigo mismas. A la vez, advirtió su propio Regocijo cuando descubrió que El también había escrito, casi sin notarlo, una Autobiografía.

Pero con el paso de los años el silencio fue hartante, deplanamente aburrido. Dios necesitaba con urgencia oír algo, aunque fuera un diálogo entre sicoanalizados. Una conversación sobre la lluvia o sobre el precio del petróleo. Lo que fuera. Un programa de *rock* en la radio, un tip sobre un empleo, una diatriba, un secreto, una majadería. Con un recital de poesía se conformaba.

Tenía que romper de un solo tajo con su Hartazgo y su Aburrimiento, dar un Golpe duro y definitivo al ascetismo. Afinó sus Cuerdas Vocales y entonó con Voz cantarina: "Haya fiesta" Y el relajo brotó. Los extremistas recuperaron súbitamente el rubor de sus mejillas, echaron al fuego sus diarios y memorias, y comenzaron a bailar y a cantar. En todos los rincones del mundo apareció la diversión bajo distintos rostros: la gente se desternilló de risa, ganó concursos de baile y premios en las tómbolas, gastó bromas, organizó reventones, destrozó piñatas, consumió licores, compuso canciones, tiró al blanco, comió requesón.

Dios estaba emocionado, ojiabierto, aurisatisfecho, absorto en la Contemplación del júbilo que invadía la Tierra. Cuánto le hubiera gustado en esos momentos ser humano para poder compartir con sus criaturas la ilusión, ese evadirse de las responsabilidades, sin compromisos ni preocupaciones. Poder asistir a un bailable, tirar certero dardo a los globos, ponerse disfraz de supermán, jugar cubilete, cantar una ranchera.

Pero en cuanto tomó Conciencia de sus Divagaciones y recordó su divina Condición, la Tristeza lo invadió: siendo

Creador no podía ser criatura. Sin embargo, una Duda disipó pronto sus Anhelos, tremenda Duda si se considera que la padece el Omniseguro: "¿Es acaso éste el Papel que Yo debo representar como Rey de la Creación? ¿El de un Promotor de la fiesta, el juego y la irresponsabilidad?" Lo primero que se le ocurrió fue crear de una vez por todas la realidad: enseñar al mundo a decir las cosas tal como acaecen, a callar aquello de lo que no se puede hablar, a saber que una paloma no hace verano.

Entonces una nueva Duda se asió de Dios: "Si a realidades nos vamos —se dijo—, ¿sería yo una realidad para el hombre? ¿Mi Ser Tendría para él algún sentido? La Duda lo condujo a la Depresión, y más tarde a la Angustia. No quiso pensar más por ese día. Prefirió meterse en la cama y olvidar por una noche sus Problemas. Soñó que se divertía a bordo de un tiovivo, que tenía Aspecto humano —parecido al de shirley temple, una de sus criaturas consentidas— y que lamía un rosado algodón de azúcar.

Una vez despierto, mareado ligeramente aún por su Paseo en carrusel, tardó algunos minutos en darse Cuenta de que todo había sido un Sueño. Al tiempo que se desperezaba y rescataba un par de Legañas, iba entrando de lleno en la realidad: sí, eso era, en una realidad de la que El estaría excluido. Recordó su Tristeza de la noche anterior y su Imagen de Dios acongojado. Dijo entonces "No", con la Certidumbre de que le pondría un alto a tan desdichada situación.

Fue así como rompió con su Decaimiento: "Que nazca en la Tierra la fe". Y la fe se extendió de trancazo por el mundo. El alma humana fue engendrada por la semilla piadosa. Muchos oraron, otros se dieron golpecillos en el pecho mientras se echaban la culpa, otros hicieron sangrar sus rodillas y otros meditaron y se entregaron por completo a la contrición, al arrepentimiento, la piedad y la adoración. Se edificaron altares, capillas, templos, iglesias, basílicas, catedrales; también asilos, orfanatos, conventos y seminarios. La gente circulaba por las calles elegantemente ataviada con lustrosos hábitos. A la menor oportunidad, los transeúntes intercambiaban simétricas señales de la cruz con sus prójimos. Todos los domingos, a mediodía, los hombres salían de sus casas y con pequeños espejitos saludaban a su Creador. Después le echaban porras y brindaban por El.

Dios se sintió más feliz que nunca. Esperaba los domingos con verdadera Impaciencia para verse reproducido millones de veces en la reverberación del saludo humano. Entre semana se dedicaba a bendecir hostiras, algunas veces en las iglesias y otras, adelántandose, en las propias panaderías.

Ahora sí era El el Centro del mundo, el Omnicentro, el Omnitodo. ¿Por qué no darse entonces algunos Gustos? ¿Por qué no complacerse a sí mismo? ¿Por qué no crear, si crear era su Verbo, lo que más le hubiera gustado ser y tener si hubiera sido criatura y no Creador? ¿Por qué no un Devaneo gozoso?

Tomó un gran Sorbo de vino para consagrar y se entregó a la Imaginación. A pensar cosas. En algo que lo complaciera a El y de paso a sus criaturas. Y entonces creó: en la pantalla a barbara streisand; en deportes al equipo de futbol botafogo —aunque en su primer partido perdiera ceros-dos—; en filosofía a pascal; en música al trío los panchos en pintura a un extraño autor del siglo XVII (del que no se conserva ahora ninguna obra); en ingeniería civil a un tal morris. Y luego los pistaches, las bufandas de tela escocesa, las pirañas, dos novelas de faulkner, cubitos de hielo, un músculo, el pelo, la nobleza y las encuadernaciones en piel.

Agotado, aunque satisfecho, por haber llevado a cabo algunos de sus divinos Gustos, Dios se sintió al Borde del llanto de tantísima Felicidad, que sin saberlo se había ido acumulando en El a través de los siglos. Sus criaturas seguían rezando al tiempo que gozaban y departían las nuevas creaciones. A su manera eran felices. Y Dios notó cómo los llenaba esa felicidad. Pero también notó que algo les faltaba, un no sé qué que los apartara un poco de los rezos.

Se sintió egoísta. Tenía que dar a los hombres un regalo que los emocionara más que los cubitos de hielo o la sonrisa de la Streisand. Tenía que compensar la obediencia que le habían tenido. Pensó tres días con sus noches. Hasta que por fin le dio al clavo: el sexo. Y en cuanto se le ocurrió chispó los Dedos y, pese a que eran las tres de la madrugada en bruselas, dijo: "Haya sexo." Y el sexo cundió por toda la Tierra con gran alegría por parte de sus actores. La gente salió a la calle para conseguirse una pareja. E hizo sexo. Veíanse por todos lados amantes, automonosexualistas, presbiófilos, ginecomastas, exhibicionistas, zooerastas, fetichistas, mixoescopófilos, dispareunistas, necrófilos y cortadores de trenzas.

Dios espiaba todos los días a los hombres. Primero acudió a casa de su consentida shirley, pero lo decepcionó. Luego recorrió con la Vista casas, hoteles, departamentos, playas, automóviles estacionados, piscinas, árboles, cualquier recinto que albergara a sus felices siervos. Un día encontró una pareja de la que Se le escapó decir: "son divinos".

En uno de sus éxtasis voayeurísticos, Se dijo entre Dientes. "Haya divino Semen." Y el divino Semen escurrió, con la única inconveniencia de que no tenía ningún destinatario, alguien a quien engendrar. Fue así como Dios decidió crearse para Sí una Diosa, una Compañera eterna.

El trabajo, como era de suponerse, fue más difícil que el de crear humanos. Primero definió las características de su futura Esposa: los modelos que le venían a la Mente no eran otros que los mortales. Una combinación de barbara y shirley. Luego extrajo una intangible, divina, omniperfecta Costilla y se creó una Esposa. Y el resultado, a su Parecer, no estuvo mal. Muy bien, divino.

Antes de entregarse por completo a sus Obligaciones para con Ella dio su última Orden: "Hágase un mundo en una época determinada de su evolución." Y a pesar de la vaguedad de la Orden se hizo un mundo así, con una historia, con los restos de esa historia, con el sufrimiento de esos restos, con ideales y con voluntad propia.

EL FENOMENO FISICO

Ricardo Elizondo Elizondo

Ahí nunca llueve, nunca pero nunca. Sobreviven porque tienen un venero que permanentemente llora un agua que sabrá Dios desde donde viene. El agua escurre por un canalito y ellos, precavidos porque saben que el sol inclemente la deshidrataría, no la juntan en represa, mejor hicieron canalitos, canalitos bordeados de hierba que la protege y así lleva el líquido hasta las labores y sembradíos. Cultivan granados y nogales, higueras y aguacates. También unas parcelas de hortalizas y en las orillas del pueblo —antes de que el buen líquido se resuma irremisiblemente en la polvareda sin fin— cuidan unos cuantos pañuelos de maíz y cebada. El pueblo es insólito: de pronto, en medio del cinabrio y alumbre del desierto, espejos malvados de luz, calor y serpientes, aparece el ombligo verde de su verdura. Asemeja cosa de encantamiento lo que es obra del puritito trabajo.

Gracias al venero la secazón del aire se humedece al pasar por las huertas y entonces la vida puede ser. Ellos, ahí, nunca han visto una nube esponjada sentada sobre los pliegues obscuros de su falda de agua. No. En lo de nubarrones y truenos —cosa tan elemental para toda la humanidad— son totalmente ignorantes, tan ignorantes como lo pueden ser en latín. Sin embargo desde hace veinticuatro años, los habitantes —sobre todo los niños— han tenido el privilegio de conocer, de manera solemne, lo que es la lluvia en tarde de verano, y lo han podido hacer gracias al desinteresado trabajo de la profesora Santos Zamarripa, normalista graduada y directora-maestra-conserje de la única escuela—cuarto asoleado con una gran nopalera por la parte de atrás y un retrato con el Padre de la Patria colgado encima del pizarrón.

La profesora Zamarripa, sabedora de la importancia de poseer una cultura universal, y enterada, tan pronto' llegó a trabajar, de que en ese pueblo la simple y natural lluvia era totalmente desconocida, inventó un acto y diseñó un experimento para que sus alumnos conocieran —vivencialmente— lo que es una tormenta en tarde de verano.

Cada año, ha llegado el día elegido —una tarde de principio de verano, antes de las vacaciones largas—, la maestra Santos se trepa a la azotea de su escuelita. Con anterioridad le han subido varios baldes con agua y ella, personalmente, ha instalado al del tambor, al de la lámina, y a tres o cuatro con espejos. Subida a su parapeto —abajo están los niños y sus invitados; los padres de familia— la instruida profesora da primero una explicación teórica del proceso de evaporación del agua, luego habla de las clases de nubes y de las cargas eléctricas, por último, y ya bien aleccionado el grupo, da la señal para que inicie la majestuosa escenificación.

Dos costales —inflados y pintados de azul y negro penden de un mecate tensado sobre el techo del salón de clase; con gran sigilo ella los va aproximando como si fuera el dedo de la providencia. Cuando la distancia entre los costales es de un codo, los espejos encandilan al grupo de niños que abajo babean, el que trae la lámina la agita violentamente y el del tambor ensordece de tanto redoble. La sabia maestra hace una leve indicación y la calma vuelve, su dedo mueve una vez más los costales y el presagio tormentoso se repite mientras los nubarrones están a punto de chocar. Una vez que lo hacen, el ruiderío de tambor y lámina sube hasta donde alcanza la energía y los espejos ya no encandilan sino cegan. En ese instante una ligera cortina de agua empieza a caer desde la azotea, y es que la querida maestra, parada en el pretil, con una regadera simula la lluvia.

Los espejos dejan de reverberar, el tambor y la lámina enmudecen y por sobre el murmullo desconocido de la lluvia empapando la tierra, se oye la voz de la profesora Santos Zamarripa: "Esto es, niños, el fenómeno físico de la lluvia."

LOS LOCOS SOMOS OTRO COSMOS

Oscar de la Borbolla

Otto colocó los shocks. Rodolfo mostró los ojos con horror: dos globos rojos, torvos con poco fósforo como bolsos fofos; combó los hombros, sollozó: "No doctor, no... Loco no..." Sor Socorro lo frotó con yodo: "Pon flojos los cocos —rogó—, ponlos como yo. Nosotros no somos ogros." Sor Flor tomó los mohosos polos color corcho ocroso; con gozo comprobó los shocks con los focos: los tronó, brotó polvo con ozono. Rodolfo oró, lloró con dolor: "No, doctor Otto, shocks no..." Sor Socorro con monótono rostro colocó los pomos: ocho con formol, dos con bromo, otros con cloro. Rodolfo los nombró "doctos", "colosos", con dolorosos tonos: los honró. Como no los colmó, los provocó: "Son sólo orcos, zorros, lobos. ¡Monos roñosos!" Sor Flor con frondoso dorso lo tomó por los hombros; Sor Socorro lo coronó como robot con hosco gorro con plomos. Rodolfo con fogoso horror dobló los codos, forzó todos los poros, chocó con los pomos, los volcó; soltó tosco trompón, Sor Socorro rodó como tronco. "¡Pronto, doctor Otto! —convocó Sor Flor— ¡Pronto con cloroformo! ¡Yo lo cojo!..." Rodolfo lloroso con mocos, los confrontó como toro bronco; tomó rojo pomo, gordo como porrón. Sor Flor sonó como gong, rodó como trompo, zozobró.

Otto, solo con Rodolfo, rogó como follón, rogó con dolo: "Rodolfo... Don Rodolfo, yo lo conozco... como doctor no gozo con los shocks; son lo forzoso. Los propongo con hondo dolor... Yo lloro por todos los locos... Con shocks los compongo..."

—No, doctor. No —sopló ronco Rodolfo—. Los shocks no son modos. Los locos no somos pollos. Los shocks son como hornos, son potros con motor, sonoros como coros o como cornos... No, doctor Otto, los shocks no son forzosos, son sólo poco costosos, son lo cómodo, lo no moroso, lo pronto... Doctor, los locos somos sólo otro cosmos, con otros otoños, con otro sol. No somos lo morboso; sólo somos otros. Lo otro, lo no ortodoxo. Otro horóscopo nos tocó, otro polvo nos formó los ojos, como formó los olmos o los osos o los chopos o los hongos. Todos somos colonos, sólo colonos. Nosotros somos los locos, otros son loros, otros, topos o zoólogos, o como vosotros, ontólogos. Yo no los compongo con shocks, no los troncho, no los rompo, no los normo...

Rodolfo monologó con honroso modo: probó, comprobó, cómo los locos sólo son otros. Otto, sordo como todo ortodoxo, no lo oyó, lo tomó por tonto; trocó todos los pros, los borró; sólo lo soportó por follón, obró con dolo. Rodolfo no lo notó. Otto rondó los pomos, tomó dos con cloroformo, como molotovs los botó. Rodolfo con los ojos rotos mostró los rojos hombros; notó poco dolor, borrosos los contornos, gordos los codos; flotó. Con horroroso torzón rodó con hondo sopor. Rodolfo soñó, soñó con rocs, con blondos gnomos, con pomposos tronos, con pozos con oro, con foros boscosos con olorosos lotos. Todo lo tocó: los olmos con cocos, los conos con oporto rojo, los bongós con tonos como Fox Trot.

Otto lo forró con tosco cordón, lo sofocó. Rodolfo sólo roncó. Sor Socorro tornó con poco color. Sor Flor con bochorno tomó ron: "Oh, doctor —lloró—, oh, oh, nos dobló con sonoro trompón." Otto contó cómo lo controló.

—Otto, pospón los shocks —rogó Sor Socorro.

—No, no los pospongo, Loco o no, yo lo jodo. No soporto los rollos... Pronto, ponlo con gorro.

— ¿Cómo, doctor —notó Sor Flor—, ocho volts?

—No, no sólo ocho. ¡Todos los volts! Yo no sólo drogo, yo domo... Lo domo o lo corrompo como bonzo.

— ¡Oh no, doctor Otto!, como bonzo no.

— ¡Cómo no, Sor Socorro! Nosotros no somos tórtolos o mocosos; somos los doctos... ¡Ojo, Sor Socorro! No soporto los complots...

Otto con morbo soltó todos los volts, los prolongó con gozo. Sor Socorro con sonrojo sollozó. Sor Flor oró por Rodolfo. Rodolfo roló como mono, tronó como mosco. Otto lo nombró: "Don gorgojo", "loco roñoso", "golfo". Rodolfo zozobró con sonso momo. Otto cortó lo shocks.

EN LA MADRE, ESTA TEMBLANDO

José Agustín

El viejo se detuvo en la esquina, junto a un puesto de periódicos. Su visión se había ablandado y le costaba trabajo respirar, es la bola de años, se dijo. De vez en cuando le ocurrían pérdidas casi totales de energía, claro que en esta ocasión también están los tragos, pensó.

Frente a él se hallaba la avenida Alvaro Obregón, con sus réplicas de viejas estatuas. Había bancas en el camellón y franjas de prado con jardineras y altos árboles, el sitio perfecto para aterrizar un momento y recargar la pila, pensó al ver una banca desocupada bajo la sombra. Dejó pasar un grupo de autos pero después se lanzó al arroyo conteniendo a los coches con una mano quietos ahí cabroncitos, dejen pasar a La Bola. Lo insultaron con la bocina pero él no se inmutó. Jadeando, se acomodó en la banca.

Ese mediodía era pesado, el aire se había enrarecido por la contaminación y se respiraba una atmósfera reseca, como de aserrín asoleado, calificó el viejo que tomaba aire en la banca. Respiró profundamente varias veces, qué pedo me traigo, pensó y cuando se serenaba un poco lo conmocionó un estruendo de chillidos de llantas, láminas que chocan, cristales estallados. Justo frente a él un auto se detuvo tan abruptamente que el de atrás se le incrustó. El viejo apenas contenía la temblorina que le dejó el sobresalto, necesito un trago, exactamente. Del bolsillo sacó una botellita de brandy

69

barato y bebió de ella un largo trago; después extrajo lo que parecía una polvera de plástico y que era un vaso plegable; el viejo lo abrió como periscopio. Se sirvió un poco de brandy, lo bebió, plegó el vaso de golpe y observó el lío que el choque había causado.

La circulación se había detenido, muchos vehículos bocineaban neuróticamente y los dueños de los coches discutían rodeados por una multitud de curiosos, arréglense antes de que llegue la policía, dijo alguien, pero lo ignoraron. Los dos conductores se echaban la culpa mutuamente y no cedían. Más gente llegaba a presenciar el pleito que tenía como fondo musical una verdadera muralla de bocinazos.

Ya cállense, masculló el viejo lárguense de aquí con su ruidero, ¿qué no hay un sitio en esta ciudad donde uno pueda cultivar sus achaques en paz?, mascullaba, mira nada más qué descontón... Uno de los conductores había propinado un golpe repentino y terrible a su contrincante, y lo derribó; en el acto procedió a patearlo con vigor. Joder, murmuró el viejo cuando la gente le bloqueó la visibilidad, y se puso en pie para seguir el pleito. Pero, ya de pie, tampoco pudo ver nada, salvo el movimiento excitado de la gente. Sólo advirtió el tumulto que se había formado, el embotellamiento interminable de autos, y se fue llenando de ira desolada, porque a su edad, pensaba, le era difícil reconciliarse con todo eso. Qué cambio tan devastador había tenido la ciudad. Hasta su propia memoria le rehusaba imágenes de esa avenida en la normalidad de muchos años antes, por qué te hicieron eso, mhija, dijo, tan hermosa como eras, cómo pudiste permitir que toda la manada de estúpidos te violara y mancillara, que todos esos zánganos te devastaran, te acabaron los que se sienten los dueños del mundo, que quieren todo rápido y sin problemas, que se creen dueños del futuro y sólo son pobres topos que tragan tierra negra y creen estar en las alturas, igual que los jodidos, infeliz pueblo que te has envilecido, que has pisoteado a los pocos hombres buenos que pariste, siempre sojuzgado por alguien: españoles, franceses, gringos, mexicanos con alma de buitre, somos una verdadera mierda, decía, con más fuerza ya, y algunos se volvían para verlo; hubo un momento en que creí que íbamos a cambiar, que nos dirigíamos al verdadero encuentro con nosotros mismos, y no sé por qué lo pensé entonces pues ahora es lo mismo, sólo que antes la miseria no estaba tan a flote y la gente no era tan cínica, no se había descarado tanto; entonces creíamos que las cosas ahí iban, más o menos, y no pedíamos más; creíamos vivir ciclos, uno acaba, otro empieza, la energía se renueva, y en realidad siempre era el mismo presente ruin, repugnante, el mismo embrollo, la misma confusión, la gritería, ahora todos gritan, se desgarran la ropa y no ven que sigue la misma pasividad de siempre que a todos nos tiene hundidos en la mierda desde hace años. Y que no me digan que nada ocurre, que todo está perfecto, si yo he vivido tantos años viendo cómo el aire asesinaba y todo se descomponía, a mí no me puedes andar con historias, yo vi lo que ocurrió, todos los días me he desayunado con la horrible verdad de que otro poco de vida buena se extinguía. Nos dejamos deslizar por una pendiente que íbamos edificando losa a losa, y ya que somos piojos aplastados, llantas ponchadas y reparchadas, ya que somos mierda, ni siquiera hemos podido ver verdaderos cabrones, no le damos grandeza a la maldad, ni siquiera sabemos lo que es eso, puro pobrediablismo, pinches diablitos ojetes con sus vasos de brandy barato en la mano, envueltos en polvos y humo, vestidos de cochambre, cagados y guacareados, o en autos lujosos, con ropa cara, guardaespaldas atrás, es igual ahora el viejo vociferaba con los músculos del cuello tensos y las venas hinchadas, y a mí de qué me sirvió leer megatoneladas de libros, saber tantos idiomas, almacenar tantos conocimientos, para acabar como esta puta ciudad: agonía perenne sin la bendición de la muerte, ¡húndete de una vez, hija de tu chingada madre! ¡Tu gran hazaña es ser la máxima ruina del mundo, ciudad jodida, ciudad jodida!

71

En la madre, se dijo. Qué pasa aquí, se preguntó el viejo al sentir un levísimo meneo que de pronto agarró fuerza y una sacudida espeluznante le bajó toda la sangre a los pies, la banca se removió entre chirridos de metal, los postes y los cables se agitaban, la gente abría los ojos con el máximo espanto, se daba cuenta perfecta de que estaba temblando y con un poder devastador. El viejo saltó de la banca pero en el suelo era lo mismo: trepidaba con fuerza, le provocaba un mareo invencible, la visión se le barría, las manos no hallaban dónde sujetarse, la agitación era pareja y, sobre todo, fuerte, alcanzaba a pensar el viejo, aún en el estupor y el terror, veía que los edificios se removían pesadamente, crujían, despedían nubes de polvo, los cables de electricidad finalmente se rompieron, chisporrotearon al caer, una explosión, un auto ardió y la gente, quemándose, salió corriendo, entre el estrépito ensordecedor de choques, golpes, gritos aterrados de gente atrapada, aplastada, o que corría o trataba de permanecer en pie, más gente salía de casas y edificios, ¡ahora sí, hijos de la chingada!, ¡ahí tienen lo que buscaban!, bramaba el viejo, ebrio de terror, ¡no le saquen a las sacudidas de esta vieja madre! ¡Se está viniendo!, ¡gócenla, culeros!, caían grandes ramas, los árboles se bambolean, algunos se desplomaban pesadamente, y el viejo casi perdió el sentido cuando frente a él los rieles del tranvía no resistieron la tensión, estallaron con un chasquido sobrecogedor y el grueso lingote reblandecido se retorció como paréntesis invertidos que se alzaron en el aire, ay cabrón, ay canijo, esto sí está durísimo, está *fuerte*, gritaba el viejo, tambaleándose, entre la gente que huía de los autos que habían hecho explosión, de los potentísimos chorros de agua que brotaron por entre el concreto resquebrajado, la calle se agrietaba con crujidos secos, guturales, y chorros ahora turbios del drenaje volaban las tapas de las coladeras y se disparaban hacia arriba, ¡esto era lo único que nos faltaba!, ¡nos vamos a morir montados en esta montaña rusa! ¡Agárrense si pueden hijos de la chingada!, volvió a gritar el viejo con menos fuerza, las trepidaciones y las sacudidas no cesaban, eran eternas, al terror se sumaba la atroz premonición de que nunca iba a acabar, todo caería como se desplomaban los techos, un edificio de veinte pisos de pronto se ladeó y se resquebrajó, se vino abajo con una oleada de piedras, metales retorcidos, cristales, muebles, el primer piso de una casa cayó pesadamente, con nubes de polvo, explosiones, llamaradas, gritos desgarrados, no para, no para, un dolor de cabeza fulminaba al viejo, todo se está cayendo, alcanzó a musitar, esto es imposible, tiene que parar, ¡tiene que parar! la gente mostraba el máximo horror, estupor, mientras caían balcones, otros edificios se desmoronaban sobre la calle, los vehículos y la gente; los ruidos, golpes, gritos, ensordecían y el viejo no pudo sostenerse más en pie y se desplomó sentado, con las piernas extendidas, con las manos plantadas en la tierra del camellón, como niño. Entonces descubrió que el terremoto había cesado.

BORGES EL COMUNISTA

René Avilés Fabila

El célebre escritor argentino Jorge Luis Borges acaba de hacer pública su adhesión al Partido Comunista de su país. Con tan insólita decisión, Borges quiere cerrar la última etapa de su vida y negar un pasado abominable y fatigoso, lleno de errores políticos que le acarrearon odios explicables. En suma, y para decirlo con su propia terminología, pretende escapar de la Historia Universal de la Infamia, en la que había permanecido atrapado largos años a causa de un imaginario confinamiento dentro de los límites de la literatura.

La primera reacción proviene justamente del Partido Comunista Argentino. En un comunicado de prensa, que por cierto destacó el diario conservador *La Nación*, dice que la actitud del notable escritor Borges confirma la razón histórica de sus postulados generales y de la estrategia actual de "apoyo crítico" al gobierno de Rafael Videla. Además, calcula el PCA, es previsible que esta conversación, en razón contraria a las de Orwell, Silone o Koestler, haga que otros escritores argentinos sigan la misma ruta: Bioy Casares, Ernesto Sábato, etcétera, lo que significaría un enriquecimiento intelectual y artístico para los comunistas. Finaliza el comunicado mostrando su solidaridad con la intervención soviética en Afganistán y criticando a los partidos de otras latitudes, como el mexicano que no está de acuerdo. Le hace el juego —le explica el documento— al imperialismo y demuestran un absoluto desconocimiento de la historia de nuestros días.

Jorge Luis Borges probablemente tendrá que efectuar el largo recorrido que va de la Juventud Comunista al Partido. En esto los camaradas argentinos son muy severos: se requieren muchos años de experiencia y madurez para alcanzar el cambio. Por ello es probable que el escritor permanezca, pese a sus ochenta años, en la organización juvenil hasta obtener, merced a los círculos de estudios marxistas, los conocimientos necesarios para ingresar en el partido. No importa, Borges está decidido. Y es paciente.

Borges ha caminado por diversos ismos: del ultraísmo pasó al anarquismo "a lo Spencer"; también fue agnóstico, como Malraux, y ahora marcha por el comunismo. A sus temas habituales: la existencia o inexistencia del yo, el tiempo, los espejos, la metafísica, la inmortalidad, el Universo, el infinito, habrá que agregar dos más: el materialismo dialéctico y la lucha de clases (ya prefigurado de alguna manera en "Emma Zunz"). El propio Borges lo ha dicho en una entrevista: debo recuperar el tiempo perdido y leer (en realidad me leen) a Marx, a Engels, a Lenin y en general a los clásicos del socialismo científico. Ante mí un nuevo jardín se bifurca: la literatura y la militancia política y el reencuentro se da en un solo punto: la fusión de ambos elementos. Estuve perdido por largo tiempo en un laberinto —prosigue Borges, siempre afecto a las metáforas— y sin el hilo de Ariadna me costó esfuerzos notables salir, escapar de un infierno dantesco donde el castigo era el alejamiento de mi pueblo.

Mucho se le criticó a Borges su actitud apolítica o conservadora. Se derramaron en su contra miles de páginas. En ellas lo censuraban con la intención de restarle prestigio. Sin embargo su obra resistió los embates y aun los izquierdistas tuvieron que leerlo a hurtadillas. Hoy no será necesaria la lectura vergonzante. Los sectores progresistas lo tienen entre los suyos. Y los únicos comentarios adversos parten de la "ortodoxia trotkista", que suele llevar en las manos el Santo Grial de la pureza revolucionaria. Por esta razón acusan a Borges de estalinista y de vivir de espaldas al desarrollo desigual y combinado y al margen de la revolución permanente.

Probablemente ahora sí le otorguen el Premio Nobel a Borges, como a otros literatos comunistas, Neruda y Shólojov, ya que su anticomunismo y adhesión a las dictaduras han desaparecido. Así, los elementos que lo hacían irritante a los académicos suecos se diluyeron. Como de costumbre, no faltan los escépticos que ven en este cambio una especie de metafísica, sobre todo cuando Borges declaró que le gustaría que su partido (el Comunista) gobernara a los argentinos. Entonces, sentenció el autor de *Ficciones,* la actual casa de gobierno se llamará Roja y no Rosada.

Otra reacción fue del gobierno argentino. Videla, según cables internacionales, dijo carecer de informaciones precisas respecto a la filiación de Borges, pero que tanto el ingreso de este escritor al PCA como la existencia de este organismo señalan la libertad imperante en la Argentina, en donde únicamente no tienen cabida los extremistas. Señaló que en breve, cuando sus actividades patibularias se lo permitan, invitará a Borges a desayunar, como antes, para conversar de política.

Jorge Luis Borges ha dejado hablando solos a notables anticomunistas. Pero si tenemos que buscar algún indicio que justifique la conversión de Borges no debe ser en sus antiguas declaraciones de afecto a las acciones estadounidenses en Vietnam o de solidaridad con el gobierno golpista de Pinochet. La causa se encuentra en su valerosa actitud: en ella priva la objetividad. Por ejemplo, en cierto momento Borges, declaró que la gran poesía de América Latina era la "poesía civil" de Pablo Neruda y al decir esto le rendía un cálido homenaje a un escritor comunista y antiimperialista.

La historia está llena de curiosidades. Borges antes trataba de ser apolítico, estar al margen de tal actividad inherente al ser humano, hoy declara sin ambages haberse equivocado. Usted me pregunta (dice Borges a una reportera de France Press) cuál es la virtud que más aprecio. En el pasado le hubiera dicho el valor, el coraje, pero ahora creo que la militancia es lo más importante en países como los nuestros desgarrados por las dictaduras y explotados por el imperialismo.

El tiempo de la revolución es el tiempo de Borges, quien ahora se entrega a una lucha total en favor del socialismo y por una literatura absolutamente comprometida.

LOVES

Paco Ignacio Taibo II

¿Qué podía haber más romántico sobre el asfalto que los atardeceres rojos de humo de las fundidoras, que brillaban chiquitos en sus ojos? ¿Dónde había más ternura que en el frío esquinero arracimados esperando el quejumbroso camión? ¿Cuáles fajes más ardorosos que los del último asiento de un pesero rumbo a La Villa, sabiendo que sólo había que evadir la luz de neón cada quince segundos, y teniendo los siguientes catorce para explorar la piel? ¿Cómo comparar otros amores al amor con miedo que pasaba en la mano sudada cuando el horizonte se azulaba de policías montados sable en mano?

Eran historias de amor de películas que nunca se harían. *Loves* sin las letras traduciendo, en la parte inferior de la pantalla de la tele; novelas de realismo socialista que nadie escribiría, porque por aquel entonces al gordito no le había entrado la fiebre de ponerse a jugar con nuestro pasado en nombre del sagrado testimonio.

¿Eran nuestras historias de amor *las historias*? ¿O tan sólo accidentes en un decorado que se movía y constituía la verdadera esencia del asunto? Era difícil saberlo y bastante inútil preguntarlo. Formaban parte de una realidad que nos zarandeaba acortando los días y los meses, obligando a vivirla y no pensarla. Allí, recordar era un oficio político que tenía que ver con repetir los mismos errores con más gracia, más estilo o mejor complejo de culpa. Eramos entonces unos, no había tiempo para ser dos: nosotros y nuestros fantasmas en uno mismo. Un esquizofrénico es alguien que tiene libre las tardes.

Pero esto lo pienso ahora que soy varios, y puedo verme y vernos, y permitir que mis historias se mezclen con otras y se deshilvanen y hasta se hagan parte de leyendas. Ahora puedo contar aquellas historias de amor que tenían orquesta sinfónica interpretando *La lucha de clases* en el fondo. ¿Amores wagnerianos? Chopin en la colonia La Presa puteado por el eterno aroma del fango químico. Manzanero-Kropotkin. Unos ojos ardiendo en otros ojos en una lonchería donde la rocola hacía sonar la Marsellesa.

Entonces no podía contarlas. Porque contar y vivir eran demasiadas cosas para hacer en un mismo tiempo.

Ahora puedo escoger en el archivo de los falsos recuerdos, entre amores clandestinos que nunca tuvieron tiempo para entrar en la orden del día, amores que se pelaron en los vaivenes del desencuentro de estaciones del metro, amores culeros e ilegales que practicaban el orgasmo tras la puerta del closet ajeno, amores tan apaches que ni los apaches nos los creíamos; amores de Lelouch + Lenin+Le Carré (amores de las tres eles), vividos en el cuarto de azotea donde Paloma y yo tropezábamos al despertar, al leer, al cocinar, al tropezar y nos queríamos siempre de cerca proque en un cuarto de 9 metros cuadrados no se ha inventado la distancia.

Ahora puedo escoger y tengo la tentación de contar historias de amores imposibles, porque lo imposible era la esencia de aquellos días. Como aquél que vuelto esquema diría: ella: obrera de una fábrica de pantalones, madre soltera, casi había acabado la primaria, la más dura mujer de todas ellas, que ponía a temblar al patrón cuando subía las escaleras de metal encabezando al comité de huelga; ella: caderas anchas y trenza negra, ojo rasgado y mirada medio fiera, que echaba los pechos por delante cuando quería convencer o cuando quería querer a sus amigos. Y él, con doctorado en la Sorbona (¿era eso una fábrica de quesos?) que tenía problemas con la almohada (la necesitaba grande y pachona o la noche se le iba en el insomnio) y era paciente. Ellos, en el final de las reuniones quedándose una hora más para limpiar el cuarto, para dormir a la niña, para contarle él a ella cómo eran las calles del distrito quinto de Barcelona y ella a él como funcionaba una máquina overlock. Ellos tomando café sin azúcar para no tener que salir al pasillo y pedirlo a los vecinos. Ellos, que nunca se tocaron más allá de la mano y eso a veces.

¿Qué mejores historias de amor que aquellas? ¿Qué más romántico que el atardecer del barrio chinguiñoso con el sol rojo rasurando las azoteas y Lucha Villa en un stereo al que le faltaba una de las bocinas?

¿Qué amores más absolutamente totales que aquellos? Cuando ella subida al poste de la luz les gritaba a las que iban saliendo de la fábrica que había que ir a la huelga y él la miraba al pie del poste y sus miradas se cruzaban tan cargadas de amor que casi dolía a los que los mirábamos mirarse. ¿Qué más amor que aquel? La huelga se ganó, a ella la despidieron, él se fue a trabajar a diez mil barrios de distancia, a doscientas huelgas de tiempo separándolos.

Y nunca se lo dijeron.

¡AGUAS CON SAN JORGE!

Emiliano Pérez Cruz

"¿Qué quequé? Ah, sí. Déjemelo por ai hasta que despierte, carajo güevón". Así mero me recibió la mama del Tracatraca cuando se lo llevé bien peido, pero no peido como yo, con jugo de maguey o de agave: estaba hastatrás de tiner y mento y con la cara tocha quemada y tiznada y apestando a gasolina y petróleo. "Es la cruda fiebre del oro negro", pensé y lo aventé sobre un montón de tiliches. En el suelo, uno de sus carnalitos se echava puños de tierra a la boca; andaba sin pañal y panzón panzón, no de comida sino de lombrices.

"¿No le va a dar algo pa que vuelva?", le dije a su jefa, pero nomás gruñó, me dijo que no estuviera jorobando y que pa qué me metía en lo que no me importaba. Jaló las cobijas hasta taparse la feis y siguió jeteando a ronquido abierto. Ni pei, agarré y me fui con mi barcina y la cola entre las patas. Me eché un sorbo entre pecho y espalda y dejé que el aigre me diera de lleno en la carátula.

Al otro día me levanté de volón, alcé mi barcina y me fui por tocha la calzada Zaragoza, toreando automovilistas destapados y delfines con gente hasta en el techo. De repente, en una esquina ¡Brrraaammm! Una llamarada como de tres metros alcanzó a tatemarme las cejas. De boleto me le encomendé a San Jorge y su caballo, pidiéndoles que se descolgaran por este rumbo porque el dragón se había escapado del zoológico. Me apeñuzqué detrasito de un árbol y me di

83

valor con un pegue de alcoholiano. (Ah, chirrión, ¿a poco es mi mente de alcohólico unánime la que me hace ver visiones?). Me restregué los ojales y papuchas, me animé a verle la cara al dragón. De puntitas me acerqué a la esquina, listo pa asomarme cuando ¡moles! Otra vez. Del brinco y la carrera hasta mis cacles quedaron atrás. Me tiré sobre el camellón a respirar un chirrín de esmog y va de nuez: tengo que verlo a la de a güiviur.

Me fui por el camellón central viendo salir de vez en cuando las llamas. Vi que la gente se acercaba y los automovilistas, algunos, aventaban un veinte y hasta un varito. Creí que al Pocito (el de la Villita de Guadalupe, no el de Tlaxcoaque) lo habían cambiado de lugar y la gente aventaba lana pidiendo un milagro. ¡Cual no va siendo mi sorpresa al ver al Tracatraca aventando flamazos! "Quién te viera, hijín, a le dije pero ni me peló porque en eso llegó una camioneta blanca, como las que recogen a las Marías, músicos ambulantes, colegas teporochos y tochos los que afean la ciudá con su pobreza. (Como que Hank y Figueroa el de Guerrero se pusieron de acuerdo pa borrar del mapa a los amolados).

Como pudo, el Tracatraca agarró su garrafón de gasolina, su antorcha, su estopa y córrele. Atrás de él se fueron tres tipos con cara de Halcones, gritándole que no le iban a hacer nada, pero de güey se esperaba, sobre la marcha se echaba unos sorbos de gasolina y ¡pras!, un flamazo a la salú de los halconcetes. Los perros de la camioneta regresaron sofocados y se fueron al Metro Zaragoza, le tiraron su puesto de tamales y atoles a una ruquita, sus tacos de canasta a un ñorse y treparon a las chavitas de una María que se les había pelado con todo y chicles. Se fueron echándonos unas "cremas" a los mirones.

Como al mediodía, iba de retache a mi chantecito y vi los flamazos en el mismo lugar. Era el Tracatraca dándole con fe al rosticero. Me le acerqué y nos pusimos a verbear mientras juntaba los veintes. Le dije que pa que corría, que a lo mejor lo iban a llevar a donde comería diarina, con baño y chance de jugar con otros chavitos y aprender algún oficio que le serviría pa ganarse unos varos sin tatemarse la buchaca. También le dije que las autoridades querían saber quiénes los ponían a chambiar en esto.

"¿Usté es o se hace?, me gritó el Tracatraca. "¿A poco no sabe que quienes nos ponen a chambiar son nuestras tripas, y qué sí hay muchos vivillos que nos atracan pa dejarnos chambiar, entre ellos los tiras? ¿A poco nos van a dar pa que comamos de gorrión con nuestra familia? ¿Nos van a dar una chamba donde aplicar los oficios que enseñan en la casa-hogar? ¡Pus a güiviur que no, mi briagoberto, sino más quieren lucirse con nosotros orita, pero al ratito se les olvida regenerarnos! Pero ya que está de metiche, ¿sabe por qué no me dejé apañar por los de la camioneta? Pus porque por ai corre el run run de que entre los oficios que nos van a enseñar están el de 'Lámpara de alumbrado público mientras pasan los apagones' y el de 'Control de calidá en gasolinerías'. Dicen que Díaz Serrano y Cervantes del Río están puestísimos pa combatir el desempleo, pa que les hagan su monumento de San Jorge por eso. Pero pus nadie habla de lo principal: ¿De a cómo nos va a tocar y cuántos billetes hay de más pa los que tenemos experiencia? Mientras no se hable de lana, niguas que nos trepemos a la camioneta".

OFICIO DE TEMBLOR

Fabio Morábito

El temblor no llegó con su intenso cortejo de cristales ni su amplia funda de razones. Apenas se insinuó de casa en casa, sedoso y delicado, palpando las esquinas y las puertas. Los que dormían en los últimos pisos del edificio oyeron los golpes espaciados con que tanteaba la solidez de la construcción, un tenue ¡pum! ¡pum! ¡pum! que la mayoría confundió con los latidos de sus pechos. Era como el primer ruido del mundo, no manchado por ninguna impureza.

El temblor trabajaba asiduamente por todo el edificio, recorría las estructuras sopesando los techos y los pilares, bosquejando planes, trazando rutas por seguir.

No satisfecho, penetraba por la nariz hasta el corazón de los habitantes y estudiaba el metabolismo y el grado de resistencia de cada organismo, localizando los puntos débiles y las capas más blandas, siempre en busca de la lisura que agrietar, de la suavidad que desfondar.

Después, durante mucho tiempo, casi siempre de diez a quince años, ya en el subsuelo, se dedicaba a la elaboración de rutas. Una labor infame, hecha de precauciones milimétricas e infinitos ensayos para no ver obstruido el camino a la hora decisiva. Y luego lo más difícil, el punto en que muchos temblores desistían después de una vida entera de paciente almacenamiento de información: conciliar los datos del subsuelo con los de la superficie; construir una verdad íntegra y real.

Porque de nada sirve hacer que la tierra tiemble (algo que puede lograr el temblor más desvalido con una simple torsión del dorso) si no se apaga una cierta cantidad de corazones allá arriba, si no se encienden otros hasta el desquicio y no se provocan conversiones, torceduras y parálisis.

De manera que era necesario volver a los datos del principio, cotejarlos uno por uno con las verdades y las veredas del subsuelo, corregir rutas y graduar intensidades de penetración, sacrificando a veces un cuantioso botín (por ejemplo una iglesia llena a reventar un domingo a mediodía), y elegir blancos, seleccionar tiempos de duración, prever atajos, establecer objetivos prioritarios y respetarlos. Ante todo, pues, un trabajo exhaustivo y pulcro, quirúrgico, no exento de elegancia. Y especialmente eso: quemar de manera extensiva el propio fuego, crear de una sola pincelada una obra, no un incidente. Porque pocos temblores tenían una segunda oportunidad, y si la tenían, las fuerzas derrochadas en el primer intento eran irrecuperables.

¡Pum! ¡pum! ¡pum!, se oía a ratos en la azotea, a ratos en el propio corazón. De seguro el temblor estaba inspeccionando la solidez de los muros sopesando las cuarteaduras más convenientes y adentrándose en los cuerpos de los inquilinos, fino como una aguja, para recorrer los caminos de su sangre, estableciendo también ahí el lugar de futuras erosiones. Un solo día de asueto y se derrumbaban anchas zonas de su saber que lo obligaban a reelaborar trayectos completos, renunciando para siempre a intensidades largamente acariciadas en sus agendas.

A veces, para no perder terreno frente a grumos o concentraciones de materia muy compactos, algunos se inmovilizaban debajo de la tierra en espera de un cambio favorable en la disposición del subsuelo. Había que verlos. Los inquilinos más sensibles detectaban su presencia bajo el edificio, y decían:

—Hay un terremoto de paso. Está esperando que se

abra una falla.

Se abría el pavimento de la calle con picos, para ver el temblor. Por lo general, a los diez o quince metros de profundidad aparecía su lomo oscuro, vagamente escamoso y húmedo, de dimensiones incalculables, perfectamente rígido. Se lo observaba ansiosamente esperando que alguna escama se moviera un poco.

Durante el tiempo de su estancia bajo el edificio los inquilinos tomaban medidas higiénicas como hervir el agua antes de beberla, bañarse dos veces al día y abstenerse de relaciones íntimas. Una mañana despertaban con una vaga ligereza en los miembros, se asomaban a la fosa y comprobaban que el temblor se había esfumado.

Había también, viajando a la deriva sin propósito ni memoria, temblores perdidos y locos, esquirlas de temblores más grandes, gajos sueltos de alguna antigua conflagración subterránea. Y no faltaban los temblores perfectos, tan implacables en su precisión, en su manejo de los materiales, en su exacta graduación de las sacudidas. Verdaderas joyas del quehacer sísmico.

Y había, aunque rarísimos, los temblores santos (uno cada milenio, aproximadamente), que no tomaban ningún tipo de precaución, no estudiaban el terreno, no trazaban rutas previas ni tomaban notas. Un instante de intuición suprema los sacaba del magma en que se hallaban dormidos y les regalaba la ruta plena, fácil y gloriosa que todos buscaban. Sólo un temblor de esa especie podrá acabar con la Tierra (de hecho acabará con ella), y sólo a un temblor así le será dado ver algún día de un solo golpe todos los caminos del subsuelo y todas las galerías, las grietas y las nervaduras más ínfimas y abrazar todo lo abrazable, y quemar todos los misterios que aún nos oprimen.

EL CAFE DE LAS CINCO TREINTA Y SIETE

Rafael Pérez Gay

Era la tarde más feliz en mucho tiempo. Comimos con un gusto comparable al de un Cardenal hambriento, bebimos como catadores de concurso francés y hablamos con la sinceridad y la emoción de dos amigos del alma que se cuentan sus cosas. Por más esfuerzos que hice, no recordé otra tarde así en todo el año. En un incontenible ataque de felicidad ella propuso unas vacaciones y describió este paraíso: una playa de arena fina, con pocos turistas, una ensenada de aguas verdes, cristalinas; comida abundante compuesta por camarones y almejas recién pescados y cuando el sol cayera, un encuentro imparable de lujuria tras las rocas y bajo los efectos especiales de lo prohibido —para ella las rocas eran una parte marina y esencial del edén—. Fue tal su poder descriptivo que por unos momentos dichosos sentí que la brisa salía de mar adentro para acariciarme la cara, los hombres gratamente oscurecidos por el sol y hasta me quité un zapato para ver si lo que me molestaba era la arena de aquel viaje feliz.

Pero sucedió algo más insólito: por algún poderoso misterio acepté el viaje como se aceptan las ilusiones, cosa que a ella le llenó de alegría; tanta, que empezó a cantar en la cocina de nuestro departamento mientras preparaba el café —café de grano, por supuesto: tiempo atrás, después de largas negociaciones acordamos que en esa casa no se tomaría Nescafé, sino café caracolillo molido fino—. Mi inopinida docili-

91

dad para el viaje y la aventura me hizo ganar felicitaciones por el reto que impuse a mi espíritu sedentario y por el café delicioso que yo preparaba en las mañanas. Devolví el elogio con algo de amor y mentira:

—Tu café también es buenísimo.

Era un decir amable mientras me acercaba por atrás —ella estaba frente al fregadero— para lograr un enganche perfecto y pasar las manos por delante como un pulpo agradecido con la vida. En esos días mis pensamientos impuros eran especialmente detallados y gráficos. Entonces ella volteó y me miró con ojos de "Qué felices somos" y yo devolví una mirada que combinó lujuria y ternura, a la espera de que se cumpliera lo primero de inmediato y sin resistencia alguna. Pero hirvieron otras voluntades junto con el café de las cinco treinta y siete de ese día caluroso de junio.

Me ausenté de la cocina siete minutos, tiempo suficiente para que una ollita de aluminio para tres tazas de café hirviera con el óxido de rutina. El asunto parecía simple, pero cuando supe que ella había apagado la lumbre se complicó hasta volverse un caso irresoluble; ante las insistentes preguntas ella respondió con una lección de Química Elemental: si el agua hierve demasiado desprende junto con el vapor de agua un penetrante olor a Cloro (Cl), cosa que hace del café un poderoso vomitivo. Entonces era urgente detener ese proceso de evaporación clórica (H_2Cl). "Bueno, pensé, esto deja resuelto el problema químico, pero persiste el del café sin café."

La miré con ojos de "Prometiste hacer un café riquísimo" y ella, por su parte, me miró con ojos de "Ya me estás cansando". Como se sabe, el lenguaje de los ojos entre las parejas es, muchas veces, bastante más explícito que el de las palabras. Lo primero que los amantes aprenden, según la ampliamente difundida teoría de las miradas, es la interpretación del enigmático idioma de los ojos. Por lo mismo, las miradas de ternura conmueven a los amantes y hasta es común que los haga llorar, de lascivia, poderoso estimulante que soluciona todos los conflictos; de hartazgo, ruta que los lleva a las más ásperas y dolorosas peleas y a las del Fin, que nadie quiere ver, pero todos han visto alguna vez.

El caso, entonces, es que ella me miró con ojos de "Ya me estás cansando, siempre con tus cosas", y en lo que dura el relámpago yo pasé de la ira al lenguaje de las palabras:

—¿Desde cuándo perdiste la memoria?

Ofrecí las palabras acompañadas de una mirada de "Carajo, no es posible" con la certeza del peso de un argumento irrecusable. Ella supo oír las palabras y leer los ojos y contraatacó con la rapidez de un samurai:

—¿Y tú desde cuándo eres ciego, no ves que estoy ocupada? A sus palabras las acompañó el peso de una evidencia que no requiere demostración. Remató con esto:

—Además no entiendo por qué la lumbre está amarilla. ¿Te has fijado cómo gastas el gas?

Vino el contragolpe:

—¿Qué te preocupa: el asunto energético, la contaminación o es tu codería?

No pudo soportarlo. Le pareció lo que era, un golpe bajo, por varias razones. Primero porque desde hacía tiempo cualquier síntoma de gripe, o la más insignificante irritación estomacal eran culpa de la contaminación; segundo, porque el tema energético pasó de pronto a formar parte de su vida como si fuera subsecretaria de la Secretaría de Energía y Minas y, tercero, porque su madre era de una pichicatería histórica que si bien no había heredado, le dolía en el centro del corazón.

Vinieron las lágrimas. Usamos nuestros secretos como si fueran navajas de resorte. Se desprendieron los reproches más inesperados. Pasamos de la cocina al cuarto y del cuarto a la sala persiguiéndonos con el estilete del rencor. Regresé a la cocina en busca del origen y traté de servirme café. El coraje hizo lo suyo, o la torpeza —quizá más esto último porque en ese tiempo yo tenía una enfermedad desconocida que actuaba sobre mis dedos produciendo una debilidad terrible y por ella todo se me resbalaba entre las manos—, y la ollita se me escapó del guante para lo caliente y el café caracolillo molido fino fue a parar, irremediablemente, al suelo. No me quemé, pero acto seguido patée la ollita, que estaba en el suelo, como si quisiera meter gol en un tiro de castigo con una barrera de seis hombres y un portero imbatible en la cabaña enemiga. Rebotó contra la estufa, dibujó una hipérbola preciosa y luego dio de lleno en mi rodilla. Como última salida abrí el refrigerador, saqué una lata de la cervecería Modelo y la destapé como si le quitara el seguro a una granada de mano. Ella registró el sonido del gas liberado como si tuviera un radar, de hecho lo tenía y dijo:

—Eso, tómate tu cerveza, que es lo mejor que sabes hacer.

La simple posibilidad de que fuera cierto me dejó sin habla. Me vi pronto en varios concursos de tomadores de cerveza ganando todos los primeros premios porque eso era lo mejor que yo sabía hacer en la vida. En efecto, había perdido un round por una clara diferencia de puntos, pero como respuesta perdida azoté la puerta del refrigerador. La gravedad es cosa seria. El portazo provocó un gran sismo de por lo menos ocho grados en la escala de Richter sobre la superficie del refrigerador. El resultado terrible y natural fue que la mermelada, el servilletero y la azucarera se colapsaron y se vinieron a tierra. Mientras me limpiaba la mermelada de la punta de los zapatos pensé: "Cuándo terminará este infierno". Así se fueron a la mierda la tarde más feliz del año, el paraíso de unas vacaciones en una playa de arena fina y el café de las cinco treinta y siete.

Por ese tiempo la persona con quien mejor me entendía en el mundo era mi periodiquero. Un hombre moreno, chaparro, de pelo grasiento y al que le faltaba el dedo pulgar de la mano izquierda. Tenía un aspecto terrible —aunque yo decía no dejarme engañar ya por las apariencias—, pero nuestra relación era un modelo de entendimiento. Me llevaba los periódicos a la casa por un pequeño porcentaje extra y me cobraba a finales de mes. La comprensión era mutua y el cariño recíproco; nuestros diálogos eran tersos, transparentes.

—Necesito dinero, págueme.
—No tengo, ven mañana.
—No puedo, lo necesito hoy.
—Entonces ven mañana.
—Muy bien, entonces mañana.

Cuento esto porque cuando uno sale de la cocina chapoteando en café y mermelada, lo único que le pide al mundo es la confirmación de que hay hombres en peores circunstancias: aquellos cuya trepanación no fue un éxito, sacerdotes enamorados de un acólito, impotentes irreversibles. De modo que hice una tregua con las circunstancias y me fui con mis periódicos a la sala fingiendo una concentración que ni las moscas se atreverían a perturbar.

Incluí un cambio esencial en el plan de retirada: cambié la cerveza por un whiskey Johnny Walker Etiqueta Roja con tehuacán y tres hielos. Pero cuando alguien ha perdido la felicidad de un atardecer incomparable, lo único que quiere es servirse otros tres whiskys etiqueta roja. Así lo hice, además, con un método casi científico que consistió en hacer el jaibol más equilibrado desde que el señor Walker supo destilar el grano imprescindible. El sabor del trago en la garganta se adueñó del alma herida y puso en su lugar la cicatriz del rencor. Me senté en uno de los sillones de cuadros cafés de la sala del departamento que compartimos tanto tiempo, el cuarto trago puesto al alcance de la mano derecha mientras la izquierda sostenía la sección deportiva del periódico. Esta actitud poco combativa indicaba, a todas luces, una tregua. Entonces ella llegó, voluntariamente y se sentó en otro de los sillones de cuadros cafés con un libro que llegó al departamento por debilidad crítica y descuido profesional: *La crisis*

95

de la edad adulta, de una psicóloga norteamericana llamada Gail Sheehy que se hizo rica vendiendo no sé cuántos millones de ejemplares con un estúpido estudio sobre los hombres y las mujeres de la difícil década de los treinta a la que ella llamó la Díada Cerrada. Fue una tregua tensa, nadie se movió de sus trincheras, ambos bandos estaban pesimistas en cuanto al futuro, no tenían ninguna esperanza de paz. Entonces se lévantó una triste, imprudente bandera blanca:

—Es que ha sido una mala temporada.

—Pésima— respondí dando un sorbo provocador a mi whiskey.

—Mira, te voy a decir lo que nos pasa, pero no te burles— dijo, empuñando el libro y poniendo, de paso, una enorme mesa de negociaciones—. Oye esto: *A medida que nos acercamos a los treinta años, nos invade una inquieta vitalidad. Casi todo mundo desea provocar una alteración en su vida. Las restricciones que sentimos al acercarnos a los treinta son la secuela de las elecciones de los veinte. Entonces tomamos conciencia de algún aspecto interior que habíamos dejado fuera. Y éste puede sentirse súbita y enfáticamente. Con frecuencia empieza mediante un lento redoble, una sensación persistente de querer ser algo más.* Bueno, ahora oye esto otro: *Durante este paso, que habitualmente se extiende entre los veintiocho y los treinta años, deben alterarse o profundizar los compromisos. Esto implica grandes cambios, confusión y, generalmente, crisis.* —Pero espérate— dijo, como si hubiera descubierto los frescos de Pompeya. Ahora oye esto: *Así comienza una valiente —aunque a veces torpe— lucha con los dones y las cargas de nuestra herencia. En los últimos cincuenta años, los americanos han sido más proclives a disolver sus matrimonios cuando él tiene treinta y ella veintiocho—.* Terminó de leer jadeando. — ¿Qué te parece?

—Pura mierda. Psicología barata para gringos con retraso mental y sobrepeso de tanto comer chocolates y ver televisión. Eso me parece, pura basura. Ni tenemos una inquieta vitalidad, ni comienza, ninguna valiente lucha, ni queremos profundizar compromisos. Aunque tengamos yo treinta y tu veintinueve, eso apesta a supermercado. Lo único que te falta es leer a Lee Iacocca y hacer cursillos sobre superación y autoayuda.

Era posible que se me hubiera pasado la mano, pero el que pierde un round los pierde todos, a menos que golpée bajo el cinturón y ponga la cabeza en la ceja del contrario. Aún así recibí un golpe letal:

—Lo único que me falta es comprar un manual para entrenar perros.

Hubo lágrimas por segunda vez en la tarde. Fue así como me alejé de las teorías de Gail Sheehy, sin sospechar el significado que tendrían en nuestra vida.

El silencio se adueñó del departamento volviéndolo un submarino que se hundía sin ninguna esperanza; entre más profundidad incontrolable alcanzaba, más presión ejercían las aguas de los fondos marinos. Los ruidos eran sordos, secos, prolongados. Cuando la presión fue demasiada empezaron a saltar los empaques, los tornillos de las compuertas, eso fue cuando la compresión interior cedió toda su fuerza. Todo estaba perdido. Quise recuperar algo de lo que la tarde y la torpeza cotidiana me habían quitado en la recámara-estudio que los dos habíamos arreglado meses atrás como si fuéramos a vivir juntos toda la vida.

Todo fue inútil. La postal de Flaubert que un amigo me envío de Europa resultó inservible; Don Gustave no pudo hacer nada, *La educación sentimental y Madame Bovary* no encerraban ninguna lección que no se hubiera aprendido esa tarde, durante el café de las cinco treinta y siete. Los edificios de libros que crecieron en mi escritorio tampoco; eran frágiles, al primer empujoncito se derrumbaron como retrato fiel de la tarde en la que nos fallaron las palabras, como dice la canción. Primero, se desgajaron los pisos más altos, hechos con los materiales de Italo Calvino; luego, dos gruesos tomos de Salvador Novo se vinieron a tierra, después acompañó la caída *El mago de Lublin* de Isaac Bashevis Singer y, abajo, quedó como cimiento desolado una *Antología de Poesía Norteamericana* que un amigo confeccionó años atrás y que en su momento yo no supe aprovechar como tantas cosas en mi vida. También fue inútil, como para salvar algo del naufragio de la tarde, el folder con un mazo de cuartillas escritas durante tres años y que contenían una investigación de la literatura mexicana que nunca se publicaría. La cosa era muy seria: si yo no podía ser feliz en ese cuarto lleno de amores y entusiasmos literarios, no sería dichoso en ninguna parte del mundo.

Quise releer algo que quedó al descubierto después del derrumbe de aquel edificio construido con la certeza de que sería excepcional. Recordé el texto de Delmore Schwartz, "Las Responsabilidades Empiezan en los Sueños" y, más precisamente, un párrafo: "Mi padre le cuenta a mi madre cuánto dinero ha hecho en la semana anterior, exagerando una cantidad que no necesitaba exagerarse. Pero mi padre siempre ha sentido que, de algún modo, las exactitudes minimizan. De pronto empiezo a llorar". No hubo, desde luego, nada casual en ese hallazgo, como no hay nada casual entre la flecha y el blanco. El motivo de esa inopinada búsqueda era, entonces, más que simple: cuando uno cumple treinta años empieza a hervir en el fondo el asombro de parecerse a su padre, o no parecerse, que es lo mismo. Por eso en esos años vienen los hijos y las ambiciones, por eso se siente que un capítulo de la vida se agota, rumbo al encuentro del padre que se tuvo, o no se tuvo.

El café de las cinco treinta y siete llevaba esa historia debajo de la desesperanza que son los gritos cotidianos, como los ríos subterráneos caudalosos y ensordecedores. Pero el estuario de esa emoción desaforada se acompañó, como las desgracias, de la certidumbre de que todo se quiebra: los amores y los amigos, el trabajo y los días que lo hacen posible, las noches y las presencias que las pueblan. Entonces, contra la versión más bien vulgar de que uno no debe repetir al padre ("Acuérdate", decía un amigo, "de Pedro Páramo"), durante esos días reveladores yo elegí repetirlo; ser como él, pero mejor y con la simple pero profunda intención de regalarle esa flor en su vejez.

Sus manos, me dicen, son las mías. Después de algunos tragos hablo con sus palabras. Lo vi salir en los años cuarenta y caminar una calle del centro de la ciudad (¿Gante? ¿Cinco de Mayo?). Llevaba un abrigo de corte espléndido, un traje cortado con una tela de perdiz. Había algo de fortaleza y vulnerabilidad al mismo tiempo. Una mañana me desperté buscando algo de su talento emprendedor, de su fuerza para soportar las caídas y recuperarse prodigiosamente. Un mal cálculo, un azar algo impredecible hicieron que sus proyectos no se cumplieran como él hubiera querido. Durante esa temporada creí tener la fórmula de tal cumplimiento: en efecto, el secreto estaba en el carácter. Schwartz tenía razón: hay dos cosas que no requieren exageración, la exactitud no minimiza. Ese fue el cálculo que quise corregir.

Por supuesto, nunca lo logré. La razón es simple, nadie está obligado a repetir nada, nadie tiene derecho al perdón de la repetición, a la condolencia de una copia digna y triste. Pero el rumbo de ese vuelo era correcto porque entonces había dejado de ocultarme un secreto, un amor y un odio desaforados. Del café de las cinco treinta y siete se desprendió ese sobrante, esa estalactita que algún geólogo familiar estudiaría algún día con más amor y atención.

Después del episodio del café de las cinco treinta y siete ella volvió al lugar de los hechos y me dijo:

—Oye, ¿por qué no inventas otro personaje, un tercero que contrapuntée nuestras peleas y agregue algo de tensión narrativa a este pequeño relato de vida cotidiana? Siempre aburre un poco oír las mismas cosas, hace falta algo más; ¿no crees?

—¿Te gustaría un amigo mutuo que llegara sorpresivamente del extranjero con una maleta en la mano y una expresión de soledad conmovedora? Podría, además, intercalar viñetas de la adolescencia de los tres. Luego, a modo de suspenso y clímax narrativo podría ser que él y ella hayan sido novios en su pasado universitario. Todo esto antes de que él saque de una de las bolsas de su raído abrigo europeo un paquete de hashish y se pongan un pasón extraordinario y vean una fauna increíble entre risas delirantes.

—Muy común— dijo, mientras se quitaba los lentes y chupaba la patita izquierda—. La vida está llena de amigos de la infancia que llegan del extranjero con una maleta, postales y anécdotas de París. Cuántas veces hemos oído la historia del amigo que viene de París y de la mansarda donde vivió y tuvo una mujer excepcional, bellísima, inteligente. Ya no, para paseítos por *le Jardin de Tuilleries* y hashish y evocaciones del Sena, mejor nada. No. Además piensa esto: este relato está escrito en primera persona, entonces todo lo que suceda aquí, se lo van a atribuir al narrador —así lo va a leer la gente, ni modo—, lo cual me parece injusto, para variar, con nosotros. Mejor algo que no hayas usado desde hace tiempo.

—Es que lo que no se usa acaba por echarse a perder.

—Eso no sólo pasa con los relatos—, me dijo con una mirada seductora y con el apoyo de una grúa imaginaria que le cruzó la pierna y puso al aire el muslo que en otros tiempos. Congelé la imagen mentalmente porque, a veces, la realidad aspira a ser una fotografía.

Eso fue cuando entró el Presidente de la República. La sincronía fue impresionante, por un momento pensamos que había oído lo que ella me dijo mordiéndose el labio inferior:

—¿Y por qué no nos usamos esta noche?

Si lo oyó nunca lo sabremos. Lo cual habla bien de su discreción.

Lo vimos entrar a nuestro pequeño departamento flanqueado por varios agentes de seguridad. Vestía un impecable traje café, una camisa blanca que azuleaba de limpia y una corbata clara de seda italiana que, es posible, le habían regalado en Navidad.

Caminó con la tranquilidad y el aplomo de un Presidente. Los hombres de la seguridad poblaron el edificio y los vecinos asomaron sus cabecitas azoradas por las puertas preguntando "¿Qué pasa?". Nos saludó de lejos, como saluda el Presidente a los ciudadanos cuando llega al aeropuerto Benito Júarez de la ciudad de México. En medio de nuestro estupor lo invitamos a sentarse en la sala. Por supuesto, no podía ofrecerle café.

—Quiere un trago, señor presidente—, le dije de pie, esperando su respuesta.

—No bebo. Beber es lo más recomendable. Cuide su hígado conozco casos terribles de vidas destruidas por el alcohol.

El asunto del alcohol había sido un difícil punto de equilibrio en nuestras desequilibradas relaciones, por lo que el comentario del presidente la fortaleció muchísimo. El presidente se volvió de pronto un árbitro supremo. Lo oímos como se oye a un padre enérgico y generoso. Habló con una claridad asombrosa de los problemas nacionales y tendió un puente extraordinario al hablar de los hilos invisibles —así dijo— que determinan los más insignificantes actos diarios. Según esto, nosotros éramos unos damnificados de la inflación, los precios del petróleo, la caída de la bolsa y la fuga de capitales. Así, esa tarde no habíamos tenido una simple pelea, en realidad discutimos la difícil economía nacional.

No podíamos creerlo, el Presidente de la República en nuestro pequeño y modesto departamento. Para parecer interesante le hice dos preguntas sobre la inflación y los modos de dominarla, me referí al asunto como si hablara de un monstruo ingobernable y me sentí casi satisfecho cuando descubrí un gesto de aprobación en su cara. El Presidente de la República contestó con una claridad aplastante; pero algo más, en su explicación hubo apasionamiento y frialdad, corazón y talento. Además y ella no me dejará mentir, percibí en sus manos un ademán de tristeza patriótica. La miré un momento con ojos de "Oye, este tipo es estupendo".

Más tarde, para cerrar su breve visita nos dijo:

—Esta tarde, queridos compatriotas, su conducta ha sido un desprendimiento natural y doloroso de esos grandes problemas.

—Su conocimiento de la psicología profunda es perturbador, señor.

No contestó. Se puso de pie y se dirigió a la puerta. Se despidió de mano de nosotros y dijo con voz perentoria:

—Hay que limpiar esa cocina.

—Sí, señor presidente.

Después de la inesperada visita, una noche de certezas pesadas como el plomo tomé un libro y le leí algo que resbalaba entre la música y la poesía. Eran Lionel Hampton y Louis Armstrong en una versión de *Pretty Mama* arreglada por Julio Cortázar:

Esto se viene abajo, pretty mama
sálvalo del olvido, no permitas
que se llueva la casa, que se borre
la trattoría de Giovanni,
corre por mí por ti, sálvalo ahora,
te estás yendo y los pájaros se mueren,
sálvalo pretty mama
save it all for me
save it all for you
save it all for us
aunque no salves nada, sálvalo mamita.

Pero nada pudo salvarnos, como lo demostró el asunto del foco. Fue una belleza y se desprendió, de forma natural, del caso del café de las cinco treinta y siete. Algo parecido al amor desesperado montó esa celada.

A ella le pareció fácil pedirme por doceava vez que cambiara el foco de la cocina que se había fundido como preludio terrible del café de las cinco treinta y siete. Preparar los tragos y las tortas a oscuras tenía su chiste. Desarrollamos un talento de ciegos que a mí me gustaba y a ella la ponía mal. Pero yo estaba feliz y cualquiera que esté feliz puede cambiar un foco fundido por uno nuevo de cien watts de potencia garantizada. Empecé mi trabajo de técnico electricista con precisión y entusiasmo: acerqué una silla a la cocina y la coloqué exactamente abajo del arbotante, lo cual fue un error de cálculo porque la silla tenía que estar unos sesenta centímetros corrida hacia la izquierda o la derecha. Luego de reparar el error de cálculo me enfrenté al dragón de la electricidad, pero primero traje un banco y lo monté sobre la silla y luego, como si fuera equilibrista del Circo Chino subí al segundo nivel. Estaba arriba, muy cerca del arbotante que era preciso desatornillar para luego aflojar y desprender el foco fundido y después atornillar el foco nuevo de cien watts de potencia garantizada.

El foco estaba listo, el arbotante blanco atornillado con limpieza, el banco desmontado de su soporte provisional y la silla puesta bajo la mesa del comedor: un triunfo de la bondad, el equilibrio y la habilidad manual. Lo primero que vimos cuando encendimos la luz fueron nuestras sonrisas amorosas; competimos para ver quién sostenía más tiempo la sonrisa, pero no pudimos saber quién ganó porque de golpe todo quedó a oscuras.

De ahí en adelante todo fue un polvo triste. Nos enfrascamos en un hermoso alegato de conducción eléctrica, filamentos, control de calidad. La querella podría resumirse del siguiente modo: yo sostenía que el foco General venía mal de fábrica o, peor aún, que había sido mal escogido entre los muchos focos de entre los cuales ella tenía que elegir uno

103

solo. Aún así abrí la posibilidad de una negociación: el azar, la simple mala suerte. Ella sostuvo, en cambio, durante cinco o siete climáticos minutos que yo lo había golpeado mientras hacía mi trabajo de técnico electricista. El resultado fue muy parecido al que obtuvimos en el asunto del café de las cinco treinta y siete.

Caminamos, como otras veces, hacia la sala. Con simultaneidad prodigiosa pensamos que la vida diaria tiene sus piezas contadas, sus tornillos y resortes cada uno en su lugar, y que el que no los encuentra, el que no los usa por cualquier causa, propia o ajena, voluntaria o forzosa, los pierde para siempre. Pero hubo más en el rito silencioso de esa desesperanza, como por ejemplo esto: los dos pensamos que conocíamos perfectamente la navegación de nuestros sueños, las islas secretas de nuestras vidas y nos pasó a los dos por la cabeza, con la exactitud de la plomada, encontrar alivio en otros corazones desperdigados; y así algún tiempo, hasta olvidarnos sin dolor.

—Oye— dijo para romper el silencio, ¿a dónde va esto? Me refiero a este relato, no a nuestra vida. Una cosa sí te digo: el narrador nos va a madrugar de nuevo. Mejor apresuramos el final.

—Vamos.

Entonces ella se acomodó el pelo como si fuera a rodar la escena culminante de una superproducción y porque le daba un toque excesivamente dramático. Dijo.

—¿No hay esperanzas para nosotros?

—No creo—. El departamento era un remanso al anochecer.

Fue así como terminó el episodio del café de la cinco treinta y siete. Durante algún tiempo busqué con más vergüenza que discreción el libro de la psicóloga norteamericana Gail Sheehy en las mejores librerías y tiendas de autoservicio, pero por un grave error de comercialización nunca lo reeditaron. En cambio, la producción de Johny Walker Etiqueta

Roja es abundante y, según me dicen, ya se envasa en México

Para José Joaquín Blanco

FRIDITA

Guadalupe Loaeza

Londres, esquina con Allende

Ese domingo me desperté sabiendo que tenía cita con Frida. Hacía mucho tiempo sentía deseos de visitarla, pero algo me orillaba a seguir esperando pacientemente su llamado.

Después de dar vueltas y más vueltas por Coyoacán finalmente llegué a la famosa Casa Azul. El reloj marcaba exactamente un cuarto para las tres. La tarde estaba tranquila y soleada, y el ambiente era un poco provinciano. Al llegar al patio de la entrada, dos enormes judas de mirada persistente, me dijeron: "Pase usted". Busqué la taquilla para comprar mi boleto y un señor muy parecido a Joaquín Pardavé, recargado sobre una pila, me dijo: "Para usted, no es nada".

" ¡Qué curioso!, tengo la sensación de haber estado aquí hace muchos años. Todo me es tan familiar", pensé al entrar en la primera pieza. Con la misma velocidad con que me vino este extraño recuerdo, lo deseché. Descubrí los primeros autorretratos de Frida y algunas de sus esculturas en madera. Una en particular llamó mi atención. Representaba a un niño en forma de feto, asomado entre dos fornidas piernas. En el segundo salón hay una larga vitrina que contiene fotos y cartas de los padres de Frida. Hay también pequeños papeles escritos con recados de Diego: "Fridita, mi niña, la niña de mis

107

ojos". Junto, hay una carpeta abierta, con una lista de gastos efectuados durante el mes de agosto de 1937, escrita por Frida: "Diez y ocho pesos de teléfono, chofer por tres domingos, setenta y cinco pesos". Admiré su orden y su escritura firme y femenina.

Al fondo del salón, a un lado de la pintura conocida como *Las dos Fridas,* se halla la amplificación de un manuscrito donde explica Frida el motivo que le inspiró este tema. "Cuando yo era niña, y tenía que quedarme en mi casa, por las tardes me daba unas aburridotas, entonces me paraba frente a la ventana de mi recámara, juntaba mis dos manos y contra el vidrio echaba mi aliento formando un vaho. En él dibujaba una puerta, por donde salía hecha la mocha, hasta llegar al fondo de una panadería. Allí estaba esperándome para jugar una niña igualita a mí. Después de haber jugado y de haberle contado mis problemas secretos, me regresaba voladísima, por la misma puerta, feliz de haber estado con mi amiga imaginaria". Esta vivencia la siguió muchos años. Después de haber leído este recuerdo, sentí de una manera más viva mi atracción hacia la personalidad de Frida. Siempre le admiré su rebeldía ante todo lo convencional. Una de sus características siempre fue su forma de vestir. En otra vitrina aparecen sus faldas, sus blusas bordadas, sus aretes largos, sus cadenas de bejuco y sus listones. Ante mis ojos, todo esto de pronto cobraba vida. Los recados escritos aparecen constantemente por donde quiera como si hubieran sido redactados unas horas antes. "Beso tu boca de rana y renacuajo idolatrada. Tu Frida".

Después de dos cuartos con pinturas de Diego, me dirigí hacia la cocina grande y luminosa, decorada con cazuelas, ollas y demás recipientes en barro. Sin ningún esfuerzo, me imaginé a Frida alisando, con las planchas de antes, las camisas de tela de "cabeza de indio" de Diego, sobre una mesa ancha de madera, cubierta con una sábana vieja. Vi inclusive el vaporcito que despedía la plancha. El olor se confundía con el de la leche que hervía sobre el brasero. El ronroneo de un gato gris enroscado en una de las sillas, de ésas como de pulquería, se mezclaba con el ruido que producía el hervor de la olla de los frijoles.

Transcurría así una tarde asoleada del mes de agosto de 1937. Había querido revivir aquella atmósfera, introduciéndome cada vez más en el mundo de Frida. Las alacenas del comedor se ven repletas de tarritos, vasos de pulque, jícaras, esferas, flores de papel desteñidos, cerámica de puebla y platos de vidrio soplado. Su olor peculiar hizo que evocara el membrillate, el arroz con leche, los tejocotes en almíbar, el pan dulce, el atole y los tamales de fresa. Allí estaba Diego, en la cabecera, saboreando un riquísimo mole cubierto con ajonjolí. Frida, en su silla de ruedas, iba y venía trayéndole tortillitas recién "echadas".

Al subir al primer piso, se aprecia a lo largo de las escaleras una extensísima colección de exvotos. El taller de Frida es como un invernadero muy amplio, rodeado por libreros. Súbitamente, en el centro de esta pieza, mis ojos se toparon con su silla de ruedas. Al descubrirla sentí algo que me conmovió profundamente. Su alma se encontraba allí sentada, testigo de cómo, poco a poco, su nostalgia, y melancolía se confundían con las mías. Una luz color ámbar iluminaba sus pinceles, su caballete, su presencia y su muerte. A un lado del taller está su cuarto. ¡Qué profunda compasión sentí al encontrarme a los pies de su cama! Me dieron ganas de llorar. La vi, recostada, con una gran tristeza, en los ojos, pintando sus cuadros gracias a la fuerza de su dolor y de su amor a la vida. La acompañaban sus libros, las imágenes de Marx, Lenin, Mao y Stalin. Parecía que todo acababa de tocarlo con sus manos. Reflejada en el espejo que forman un ·pabellón arriba de su cama, la vi llorar por su soledad, por su constante lucha. Lloraba también por su padre, que sufría ataques de epilepsia, lloraba por los que luchaban en la segunda Guerra Mundial, porque Diego, aún no llegaba, porque no sabía cuál de las dos Fridas era. Lloraba por Trosky, porque se acababa de divorciar de Diego, porque no podía hablar con su amigo André Breton porque le faltaban 20 operaciones más, porque extrañaba su otra pierna, porque sentía que se ahogaba dentro de un girasol.

¡Qué horror! ¡Cuánta tristeza! Qué postura tan dolorosa e incómoda debía de haber tenido en esa cama, desde donde oía las campanas de la iglesia, los perros ladrar en la noche, los pasos de su Diego subiendo las escaleras que venía para decirle: "¿Cómo se siente hoy mi Fridita, la niña de mis ojos?". Con el alma arrugada como papel de china, finalmente bajé unas escaleras de piedra que me llevaron a un patio lleno de macetas. Contra el muro del fondo me miré en un pequeño espejo, color tristeza y vi asomarse a Frida. No quería irme de esa casa. Desde que había llegado, había sentido cómo me encerraba en ella, de más en más. Algo me retenía, quería correr hacia Frida y llorar a los pies de su silla de ruedas. Sentía grandes deseos de contarle también mis penas, estaba segura de que me comprendería. Quería pedirle "sus alas pa' volar", quería convertirme en su amiga imaginaria, decirle que era mi cuata y muy reata, en otras palabras, quería acompañarla en su soledad. Tenía deseos de peinarla, de pedirle que me enseñara sus aretes de coral y sus cartas de amor.

No podía irme. Me había invitado a comer. Todavía no saludaba a Diego, que estaba por llegar de un momento a otro. Antes de dormirme, ya en mi casa, yo seguía en la casa de Frida en Coyoacán. Estaba sentada en el comedor desde donde vi, por fin, a Diego llegar con un pantalón de mezclilla y su sombrero de petate. Frida lo esperaba en la puerta, muy derechita, recargada en su bastón y con una gran sonrisa. "¡Ya llegó!", me gritó desde el patio. El olor de mole salía desde la cocina. Obviamente no me había ido. Los Rivera me habían dado cita para comer aquel domingo del 20 de agosto de 1937, a un cuarto para las tres de la tarde.

110

Salón Esperanza, 1944

Bajo una hilera de cascos de flamantes secadores, se escuchan conversaciones de conocidas damas de sociedad mexicana. Estas señoras forman la selecta clientela del "Esperanza", uno de los más famosos y acreditados salones de belleza de la ciudad de México. A estas voces, de vez en cuando se agrega la de doña Catalina de Villarreal, que como todos los sábados, se está haciendo manicure con Rosita.

En la caja, el propietario del salón, Manuel Camacho, cobra la cuenta con una amable sonrisa, a la señora Beatriz de Llamosa. Afuera, en la esquina de Frontera y Avenida Chapultepec, la está esperando ya su *choffeur* recargado en un Buick azul marino.

Frente a uno de los espejos que cubren las paredes, está la famosa Esperanza Bernal de Camacho. Enfundada en su bata blanca de trabajo, rocía con laca cuidadosamente la rubia cabeza de doña Chayo de la Colina. Sarita, su ayudante, cubre el rostro de la clienta con la ayuda de un ejemplar de la revista *Social,* para evitar que gotitas de laca puedan caer en sus ojos. Otra ayudante barre los montoncitos de pelo regados por el suelo. " ¡Juanita, Juanita! termina rápido de barrer y ve a buscar las tenazas, que la señora Palomar tiene mucha prisa", le ordena Esperanza.

Como cada sábado, el salón está a reventar. Al fondo, están Mari, Chelo y Conchita, terminando de hacer las anchoas a unas clientas. No muy lejos, esperan otras, con redes que les cubren el pelo. A tres señoras más, les están dando champú. Algunas esperan, con la cabeza cubierta de pinzas plateadas, que se desocupe un secador. Toñita termina el permanente de la hija de la señora López. Mientras tanto, su mamá observa el trabajo, con una toalla en la cabeza en forma de turbante. Por momentos, platica con Cuca Celis de Sánchez Ocaña, acerca del último *bridge* de caridad que organizó Carlota Labastida Ochoa.

La manicurista lima las uñas de doña Catalina y no pierde detalle de la conversación que viene de la zona de los secadores:

"Tienes toda la razón, la mujer de Diego Rivera es una señora rarísima. Además, fíjate que es comunista y dicen que fue amante de Trosky y de quién sabe cuánta gente más". "Eso me han dicho también. Esta mujer es lo que se llama una ex-cén-tri-ca. ¿Me oíste? Ex-cén-tri-ca. Tengo entendido que su casa parece zoológico; hay perros pelones, venados, guajolotes, loros, águilas, y hasta monos arañas". "Como dice mi marido, esa señora es una exhi-bi-cio-nis-ta. Dice que lo único que quiere es inspirar lástima con el tema de sus pinturas. Para mí que es una persona sumamente desequilibrada. ¿No crees? "Entonces ¿no está tan enferma?" "Pues bien a bien no se sabe si son cosas de su cabeza o si efectivamente está enferma. Dicen que de chiquita tuvo poliomielitis". "Polio...qué?" "Po-lio-mie-li-tis". "Pues a mí me contaron que estaba completamente inválida por un accidente de tranvía que tuvo con Gómez Arias, el de la huelga de la Universidad". "Sí, enferma sí está; todo el día se la pasa acostada en la cama, con un corsé de fierro, fumando cigarros de albañil; y parece que todo el tiempo habla por teléfono con sus amantes". "Pues no ha de estar tan inválida, porque me dijo mi chofer que el otro día la había visto en el Salón México". "El otro día me contaron que toma tequila con mariachi, que canta corridos zapatistas por las noches, y que los domingos va con muchas amigas a ver peleas de box". " ¡Qué barbaridad!" "Además, dicen que en su casa recibe a muchos bohemios comunistas". "Bueno ¿y de dónde habrá salido esta señora con esas costumbres?" " ¡Vete tú a saber!" "Quién sabe quién me contó que su papá era un fotógrafo ruso judío, y que la mamá es de familias indígenas de Oaxaca. Sinceramente, no creo que sean buenas familias, ni con mucha tradición, porque dicen que ella habla con puras groserías. Lo que les puedo decir, es que antes de casarse con Diego Rivera, ni quién la conociera". "A

eso iba yo. A mi manera de ver, se casó con Diego por puritito interés. Como le da también por la pintura, pues se aprove-
cha de la cercanía de Rivera, para codearse con los mejores.
Por eso, tuvo tanto éxito en el extranjero". "Déjenme contar-
les. El otro día la vi en casa de Marucha Lavin, en un coctel
que le hacían a Amalia Castillo Ledón. ¿Me creerán que
fue vestida de india te-hua-na? Además llevaba rebozo de bo-
lita, ¡comme les domestiques! No saben la lástima que me
dio". "Bueno, hay señoras que sí lucen el rebozo. Ya ves qué
bien se ve Sofía Verea. Pero ella sí se puede dar ese lujo, porque tiene un tipo precioso. No a todo el mundo le queda el
rebozo, ¿no creen?" " ¡Cállate!, ella se ha de ver como del
mercado". "El otro día me contó Pedro Corcuera que en casa
de los Avramow, en un coctel que le ofrecieron al embajador
chino, se encontró a los Rivera. Que Diego iba correctísimo
con su smoking, pero lo que es ella, que había ido con un to-
cado de flores en la cabeza muy, muy chillante. Que era la
pareja más excéntrica de toda la reunión. Pero eso no es lo
peor. Chayo, que también estuvo en el mismo coctail, me
contó que aparte de hacer el ridículo con su vestimenta in-
dígena, bebió más de la cuenta y que no soltaba a la pobre de
Ma. Luisa Elió. Yo creo que esa señora carece de toda moral.
Y eso que yo no soy de las que se escandalizan con facili-
dad". "Sí, indiscutiblemente es muy extraña. Creo que en su
casa en Coyoacán no hay sala y que en lugar de tener sillones
como la gente decente, tienen puros equipales. Que en el piso
hay petates de palma, que tiene puros ídolos horribles. Y no
hablemos de la loza que ponen en la mesa: son platos de
barro, encima de manteles que hacen las indias del mercado".
"Tal como lo estás describiendo, a mí también me lo contaron. ¿Se dan cuenta que comen elotes, gusanos de maguey y
tacos con tortillas moradas con una cosa que se llama huitlacoche?" "Huitla...¿qué?" "Huitlacoche". " ¡Ay, ya cállense
la boca, que me están quitando el apetito y saliendo de aquí
tengo que ir corriendo a la casa de la Chata Elízaga". "Pues

113

a mí todo lo que están contando de esa mujer, me parece desastroso. Imagínense que todo esto se lo dan de comer a los extranjeros importantes que vienen a admirar la pintura de Diego. ¡Qué horror!, poner a México en ese ridículo. Para que nos crean todavía más indios de lo que somos". "¡Ay chula, por favor no pluralices!" "¿Se imaginan si esa señora viniera a peinarse aquí con Esperanza?" "¡Ay tú, yo creo que ni Manuel ni Esperanza la recibirían. Además, ¿para qué vendría, si se peina con trenzas? A lo mejor nunca se lava el pelo. ¿Cómo podría, si está tan enferma? "¿Saben quién es muy su amiga? Lolita del Río. Dicen que la visita con cierta frecuencia". "Bueno, de quien es amiga es de Diego Rivera, como María Félix. Sinceramente, no creo que Lolita Asúnsolo la considere su amiga. Les aseguro que jamás la ha invitado a cenas en su casa". "¡Ay chulas, no entiendo!, ¿por qué hablan tanto de esa mujer? Sinceramente, ya me cansaron. Es una pobre señora inválida, que un día de éstos se muere y ni quién se acuerde más de ella. ¡Ni hijos tiene! Mejor cambiemos de tema. Oiga Rosita, póngame por favor tres capas de barniz, para que me dure más tiempo. Luego se me escarapelan y las traigo como de vecindad".

La manicurista, inclinada sobre las manos blanquísimas de doña Catalina, obedece y sobre la segunda coloca, muy despacito, otra mano del barniz preferido de su clienta: "Rojo Militar", de la línea de belleza Don Juan, importada directamente desde España.

Llamada telefónica

¿Bueno?, ¿Diego?, ¿cómo estás? Oye, no se te olvide que Salvador Novo y Fito Best vienen a comer. De regreso de San Angel, ¿podrías comprarme los bolillos? Acuérdate que los de la panadería por aquí, parecen hechos con engrudo. Si encuentras teleras, mejor. Oye, mandé hacer chiles rellenos, mole, arroz y frijoles. Tú los frijoles ni los vas a probar, porque ya vez que te caen como patada al estómago.

—Está bien compraré el pan. ¿Cómo se ha sentido mi Frida? ¿Ya te llamó el doctor Velasco Zimbrón?

— ¡Ay, Diego, ¿cómo quieres que me sienta?, pues de la fregada. Este pinche corsé está mucho peor que los otros. Con decirte que no podía ni marcar el teléfono, y le tuve que pedir a Rosita que me marcara el número. Y el doctor ¡ni sus luces! Ya ves que dicen que trabaja hasta las tres de la mañana. Cuando llegues a la casa, le llamamos y le pides que me refuerce la dosis de calmantes, ¿si? Oye mi renacuajo, tengo una nueva que comunicarte: te llegaron dos cartas de dos gringas.

— ¿Cómo sabes que son de gringas?

—Por la dirección de los sobres. Pero, ¿sabes que además de gringas, son cursis? Imagínate que uno de los sobres, está decorado en una esquinita con un ramito de violetas. Y el otro, tiene un botón de rosa a punto de abrirse. ¿Te leo el remitente de las violetas?: Patricia de Wilden y luego viene su pinche *address*. La otra se llama Sally quién sabe qué diablos y ésa vive en Texas. Contéstale a ésta, ¿no?, ha de ser petrolera. Bueno, ¿qué carajos hago con tu correspondencia, la quemo o se la doy a Caimito de Guayabal, para que se las trague?

—No te me pongas celosa. Son dos americanas estudiantes de pintura que pasé hace algunos meses.

—Primero muerta antes de estar celosa de esas mensas.

—Bueno, si no te importa, ábrelas y se las lees a Novo, para que las comente en el periódico.

— ¡Ay Diego, cómo dices pendejadas! ¿No crees que Novo tiene otras cosas más interesantes que escribir, que tus aventurillas con ese par de güeras desabridas? Oye, mi Diego, precioso, antes de que se me olvide, porque ya ves cómo se me olvidan las cosas por los calmantes, llamó Miguel el chofer y me dijo que no vendría mañana, porque sigue enfermo. Han de ser puras papas, Diego, a mí que se me hace que se puso un señor cuete, como luego se pone.

—Bueno, ya conseguiré al General Trastorno, como lo llamas tú, para que me maneje, porque mañana quiero ir a Xochimilco. Bueno, no tardo. ¿Por qué mientras me esperan, no le preguntas a Novo qué ha pasado con la película de *Las abandonadas*? Pregúntale si siempre la va a censurar el gobierno, porque el protagonista militar saca de un burdel a la mujer que después se convierte en su esposa. A ver qué te dice.

—Muy bien, se lo preguntaré de tu parte. Bueno, ya voy a colgar porque este pinche yeso me está apretando todas mis costillitas. Ahora sí, Diego, siento que me está llevando la tostada. ¡Ya no lo soporto! Nos vemos al ratito, mi Dieguito. Acuérdate que llegando hablas al doctorcito, ¿eh?; —Adiós, mi Fridita. Te mando muchos besos en tus costillitas. ¿Por qué no te tomas un tequila, para que se te relajen los músculos?

— ¡Ay Diego!, si ya me tomé tres coctelitos y nada que se me quitan estas fregaderas. Bueno, ahí nos vidrios. Adiós, lindo.

—Adiós, Frida, piensa en mí mientras llego.

Como ya era costumbre entre los dos, tampoco esa tarde colgaron la bocina. Era una manera de evitar que nadie más les llamara. De esta forma seguían comunicados, aunque Diego estuviera en la casa Rosa, y Frida en la casa Azul.

Carta que Natalia Trotsky nunca escribió a Frida

Coyoacán, 22 de junio de 1937.

Estimada Frida:

Seguramente se sorprenderá al recibir esta carta. Créame que lo he pensado mucho antes de escribirla. A decir verdad, aún no sé si se la enviaré, ya que el tema es sumamente doloroso para mí. Sin embargo, pienso que me comprenderá porque veo en usted a una mujer inteligente y solidaria.

Desde que León y yo llegamos a México, fuimos recibidos por Diego y por usted con mucha gentileza. La casa Azul se convirtió desde el primer momento en nuestro refugio. A partir del primer día, nos sentimos en seguridad gracias a todas las precauciones que se tomaron. Los sirvientes de su casa, especialmente Jesús, el jardinero, han sido sumamente gentiles y nos ayudan en todo lo que necesitamos. La tranquilidad que se respira aquí en Coyoacán, ha sido para nosotros, además de agradable, muy reconfortante, pues como usted sabe, desde hace nueve años hemos vivido en el exilio, siempre sintiéndonos amenazados por los agentes de Stalin, que desean asesinar a León. Esta situación ha contribuido a que nuestros caracteres se hayan vuelto desconfiados e inseguros, incluso hacia las personas que nos han manifestado su apoyo y amistad. Pero con Diego y con usted, desde que nos encontramos en el Puerto de Tampico, nos sentimos tranquilos, pues sabemos que además de creer en la causa por la que lucha León, son nuestros amigos sinceramente.

Permítame entonces, dirigirme a usted como si lo hiciera con una amiga. Como usted ha podido darse cuenta, no hablo ni entiendo su idioma, ni tampoco el inglés con el que usted se comunica con León. (Espero que no se le dificulte la lectura de esta carta en francés). No obstante, creo comprender el lenguaje de los sentimientos, sobre todo el que se establece entre dos seres que se sienten atraídos. No se necesita intérprete para traducir miradas, actitudes, entonaciones de voces; hasta un mínimo movimiento puede llevar un mensaje. Cuando se es celosa, una aprende a identificar cada una de estas pequeñísimas manifestaciones. Por otro lado, créame que no la culpo por lo que León le inspira. No sabe hasta qué punto comprendo que vea en él al revolucionario completamente comprometido con su causa. Que advierta en él su gran inteligencia y enorme valor para enfrentar a sus enemigos. No, no la culpo. Como tampoco lo culpo a él por haberse

117

conmovido por su gran vitalidad y alegría para vivir. Es usted una mujer hermosa que irradia vida por donde pasa. Además, sé que él la admira porque me lo ha dicho. Ve en su pintura la fuerza interior de una mujer valerosa y entregada a su vocación, a pesar de sólo tener 29 años.

Pero desafortunadamente para mí, esta admiración con el tiempo se ha transformado, y creo que es ahora una pasión amorosa. Desde hace algún tiempo (¡Ah cómo se me ha hecho largo!), sé que ustedes se encuentran con frecuencia en casa de Cristina, su hermana (en una tarde de celos insoportables los seguí hasta la calle de Aguayo). A pesar de que ella ha sido muy gentil, sirviéndonos algunos días como chofer, no puedo dejar de guardarle rencor por permitir estos encuentros, que por lo demás resultan sumamente riesgosos, si se piensa que el menor escándalo, será de inmediato utilizado contra León y en beneficio de sus enemigos.

También sé que mi esposo le escribe cartas que introduce entre las hojas de los libros que le presta para leer. No sé qué dirán esas cartas, pero el solo imaginarlas me hiere terriblemente. Ignoro si usted le responde. Sin embargo, también me imagino las respuestas de una mujer apasionada, dispuesta a entregarle su corazón. ¡Sí, los celos se han de parecer al infierno, si existiera! A veces, cuando me encuentro sola, leo con toda claridad en mi imaginación su correspondencia.

Incluso, figuro frases quejumbrosas y reclamatorias por algún asunto enojoso que hubieran podido tener entre los dos, debido quizá a la impuntualidad de una cita, a la mala interpretación de unas palabras o, ¿por qué no?, a los celos infundados de alguno de los dos. En lugar de figurarme entonces una carta de rompimiento la imagino encendida de amor y de ternura. En ella soy capaz de leer las palabras más seductoras y llenas de encanto, las promesas más arrebatadas y los juramentos de amor más inquebrantables que se hayan escrito. Estas, sin duda, son las cartas que más me hacen padecer, pues invariablemente imagino las despedidas con el día y la hora de sus futuros reencuentros en casa de su hermana Cristina.

Sé que todo esto es absurdo, pero así son los celos, absorbentes, obsesivos y créame, sumamente dolorosos incluso en una mujer de 55 años. Parece increíble que a esta edad aún no haya llegado a la serenidad y madurez que se requieren, para aceptar que al cabo de 35 años de matrimonio, la pasión y las manifestaciones de amor entre dos seres, tienden a disminuir día a día. Le confieso que yo sigo enamorada de León de la misma forma que cuando lo conocí. Quizá ahora lo quiera más, porque lo conozco mejor. A lo largo de todos estos años que hemos compartido la vida, hemos luchado, hemos tenido éxitos y fracasos, decepciones y alegrías, pero sobre todo, hemos tenido con la misma intensidad fe en la razón, la verdad y la solidaridad humana.

Por todo esto que le confieso, he estado muy deprimida y triste. Además de todo mi dolor, creo que el exilio en las mujeres es mucho más difícil que en los hombres. Las mujeres somos más nostálgicas, contamos con más tiempo para serlo; nos acordamos de cosas que para los hombres quizá no tengan la misma importancia, como por ejemplo, los olores de ciertas frutas, el sabor de un guiso que se acostumbraba comer de niña, o simplemente, el color del cielo de algunas tardes invernales. Cada país tiene su propio color de cielo.

Sé que todo esto podría discutirlo directamente con León, pero se encuentra tan entregado a su trabajo, que no me atrevo a perturbarlo con mis celos. Por eso decidí desahogarme con usted, porque como mujer tal vez haya sentido algo semejante respecto a Diego. Si no es así, le deseo que desde ahora aprenda a dominar los celos, ya que es quizá el sentimiento que más envilece al amor, porque surge del egoísmo y del orgullo.

Sin embargo, le agradezco, Frida, la ilusión que le ha provocado a mi León querido, sobre todo en estos momentos de tanta tensión. Hacía muchos años que no lo veía con tanto vigor intelectual y tan rejuvenecido.

Espero contar con su discreción y solidaridad

Natalia Sedova*

Aproximaciones

A lo mejor, para ti, Frida, los espejos eran como el mundo de las lágrimas. ¡Qué casualidad que siempre que te veías en ellos, no podías evitar el llanto. ¡Con razón Alex, tu primer novio, te llamaba "lagrimita".

—Dime, Frida, ¿tú crees que uno es arquitecto de su propio destino? ¿Sí? Entonces, explícame, ¿por qué te lo construiste con tanto dolor? ¿Qué culpas creías estar pagando? ¿Sería por ser Frida Kahlo, la Fridita de Diego, la única mujer que realmente amó Rivera?

— ¡Ay Frida!, ¿no te molestas si te digo que en la casa Azul se respira una profunda desesperanza? Será por su color, ¿verdad? Como es una casa *blue,* entonces se siente uno *blue.* Si hubiera sido pintada de *pink,* quizá en ella no se padecería tanto. ¿No crees? Si es así, entonces, dime ¿por qué quisiste regresar a ella cuando te casaste con Diego? Sí, ya sé, que Diego pagó la hipoteca que había contratado tu padre. Pero si sabías que allí se respiraba tanta tristeza, ¿por qué regresaste? ¿Acaso para encontrarte de nuevo con tu amiga imaginaria y platicarle tus problemas ya de mujer? Entonces, como el resto de la familia Kahlo, ¿ella también anda por allí caminando por los corredores, subiendo y bajando las escaleras?

—Dicen que los húngaros son muy melancólicos. Entonces tú heredaste la melancolía de tu padre.

—Cuéntame cuánto quisiste a Alex. Yo lo conozco. Fíjate que no hace mucho, me lo encontré en la Librería Fran-

---

* La información en que se funda esta carta, está tomada del libro *Frida* de Hayden Herrera.

120

cesa. Iba muy elegante, con su suéter negro de cuello de tortuga, y un saco de *tweed*. Yo iba con mis hijos. Cuando nos saludamos, en seguida los llamé (estaban hojeando las revistas), y les dije: "Niños, vengan rápido a conocer a don Alejandro Gómez Arias. El conoció muy bien a Frida. Imagínense que viajaba con ella cuando sucedió el accidente. ¡Salúdenlo!" Mis hijos se quedaron muy impresionados. Es que ellos también te conocen. ¡Les he hablado tanto de ti! Estoy segura que cuando sean mayores, dirán orgullosos: "un día en una librería conocí a Alex, el novio de Frida".

—Para seguir platicando a gusto, ¿quieres que me recueste a tu lado? ¿De veras no te molesta? Mira, Frida, Míranos a las dos reflejadas en el espejo del baldaquín de tu cama. ¡Qué graciosas nos vemos! ¿Por qué no nos imaginamos que tu padre nos está tomando una fotografía con cámara de principios de siglo? ¿Le sonreímos tantito a la cámara? ¡Pajarito, pajarito! ¡Orale, Frida, una sonrisita!".

Así mientras posaban para la cámara, vino un silencio largo y profundo. Pasaron muchos ángeles sobre las dos. ¿Cuántos? Sólo Dios sabe.

—Dentro de la colección de exvotos de Frida y Diego, no hay ninguno pintado ni firmado por Frida. Ni vírgenes ni santos nunca le hicieron el milagro de curarla ni de su pierna ni de su espalda. Al contrario, Dios Nuestro Señor le mandó decenas de operaciones y muchos, muchos sufrimientos, para que pudiera ofrecérselos y ganarse así el reino de los cielos. Entonces, ¿Frida se fue directamente al cielo? ¿Por eso un mes antes de que le amputaran la pierna escribió: "Pies para qué los quiero, si tengo alas pa' volar?". Entonces, ¿después de morir le salieron las alas? ¿Por eso pesaba tanto su féretro?

—Cuando por las noches, la casa Azul parecía dormir, y Diego se quedaba en la recámara contigua a la tuya para velar por ti, ¿tú qué soñabas, Frida Kahlo?

LOS MOTIVOS DE AMANDA

Martha Cerda

Hoy cumplo cincuenta y tres años, dijo Raúl, acariciando el libro recién comprado. La portada era azul, en la contraportada sonreía Amanda, como lo hacía desde el otro extremo de la mesa. Raúl contestó la sonrisa con una mirada parpadeante.

Amanda había dejado lugar para Irma y Laura que llegaban en esos momentos.

—Sólo falta Luis, indicó Raúl sin que le preguntaran. Amanda no contestó, Luis llegaría...Amanda se miraba en la contraportada una y otra vez. Había recurrido a un fotógrafo profesional, era su primer libro y quería lucir más joven. El filtro de la cámara fotográfica lo hizo posible.

—Te ves muy bien, le comentó Raúl una hora antes, me gustan los vestidos escotados.

—Se veía atractiva y lo sabía, y ahora Raúl, con sus cincuenta y tres años la hacía sentirse mejor.

— ¿Saben qué estamos celebrando?, preguntó Amanda alzando la copa.

—La presentación de tu libro, respondieron todos.

—No, el cumpleaños de Raúl.

Luis se sentó en la única silla desocupada, junto a Raúl. Cuando Amanda los miró, Raúl sostenía un vaso:

—Pues sí, hoy es mi cumpleaños, ¿qué tal estoy? Hace unos meses creían que tenía cáncer, fue horrible, afortunadamente se equivocaron.

—Entonces de qué te preocupas, lo bueno es que andas circulando de nuevo. ¿Y tu libro?, interrogó Luis dando un sorbo a su cerveza y palmeando el hombro a Raúl.

—Raúl enmudeció por un momento, al fin habló:

—Espero que el próximo año, ahora sí.

Amanda, desde la otra orilla, vigilaba el libro azul que cada vez se distinguía menos entre los platillos y el mantel.

Las notas periodísticas calificaron el libro de Amanda de bueno a excelente. La portada apareció varias ocasiones en los diarios, hasta que se confundió entre las de otros libros, igual que en aquella mesa. En respuesta Amanda sacó unos posters a todo color, amplificados, y los colocó en las paredes de su casa.

¿Quién la animó a publicar?, le preguntaron en una entrevista. Amanda recordó sus primeros poemas, su noviazgo: Alfonso, José, Luis... Su matrimonio: Luis, Alfonso, José. Eso la había animado, la vida, en la que ella era la carta cerrada. Tenía que apostar por Amanda contra todo y contra todos. La literatura se convirtió en su esposo y su amante. En ella invirtió sus mejores sueños, sus experiencias de mujer. Nada más que ahora se sentía vacía. Un libro es un parto de alto riesgo, en él aparecían Alfonso, Luis y José; páginas treinta y seis, cincuenta, y ochenta y dos, respectivamente.

Raúl llegó con unos papeles bajo el brazo. Eran unos poemas escritos veinte años atrás premiados en un concurso y publicados en una revista amarillenta, donde aparecía la foto de Raúl, antes de Raúl:

—¿Cómo estás?

—Bien, Amada, gracias, dijo Raúl enseñándole los papeles.

—Me gustaría que me dieras la dirección y el teléfono de la editorial donde tú publicaste, ahora sí voy a terminar mi libro, ya estoy escribiendo otra vez.

—Claro, Raúl, llámame luego.

124

Raúl se alejó con los papeles bajo el brazo.

Página 36
Nunca lo hizo, si se hubiera atrevido, pero era un pusilánime. No sé por qué lo quise y viví tantos años a su sombra, conformándome con dedicatorias, cursis, con la viriginidad a flor de piel. Alfonso, si la indecisión tuviera nombre se llamaría "Alonso"...

— ¿Amanda?, soy Raúl. Oye, dame la dirección de la editorial; fíjate que ya terminé el libro. Me costó mucho trabajo. ¿Te acuerdas de mis poemas, los premiados?, sí, los que se publicaron en aquella revista. ¿De veras te gustan? ¿Cómo dijiste? Ah, sí voy a darme prisa, gracias por todo. Oye, si hay algo no dejes de invitarme.

Página 50
Entonces conocí a Luis. No era lo que pensaba, pero me entretenía. Me gustaba sentirme protegida a su lado. Comencé a escribir, motivada por Alfonso, por sus insinuaciones, para él y por él. Luis no lo sabía.

La portada azul iba palideciendo junto con Amanda.· La euforia de los primeros días se había oscurecido y el libro dejaba de ser una meta. Aparecían en su vida nuevamente las cosas cotidianas, sólo que vistas como por un microscopio. Tenía que empezar a localizarse otra vez en aquella multitud anónima y rival. ¿Se podía dejar de ser escritora de la noche a la mañana? Veía a Irma a Laura, y a todos lo que aún luchaban por publicar. Una compulsión los distinguía de los demás, igual que a Raúl, con sus poemas bajo el brazo, enseñándolos al primero que podía y, a los cincuenta y tres años. Su mujer lo amenazó con abandonarlo, su salud era deficiente, pero tenía un motivo para vivir. En cambio ella, si el libro no tenía éxito, sería el principio y el final de su carrera. ¿Cuántos habían creído en ella? ¿Cuántos habían seguido su ejemplo? ¿Cuántos habían caído en la trampa?

Amanda abrió el libro en la

Página 82

La mano de José se aferró a la mía. Luis estaba a mi lado, sin darse cuenta. José, quince años mayor que yo, era el tercer vértice junto con Alfonso y Luis. Después de tantos años parecía tan interesado o más que antes. ¿Qué veía en mí?, ¿a la mujer prohibida, a la niña de ayer? Lo cierto es que me halagaban sus cortejos, sé que le hubiera gustado tener una aventura conmigo. El tan caballeroso, tan decente, tan cínico, apretándome delante de mi marido...

—Máma. Bibiana la trae conmigo, quiere ser la única que carga al Niño Dios en las posadas.

Amanda recorrió el itinerario de su infancia lleno de recovecos; el de su adolescencia, el de su juventud y el actual. Se había encontrado en la vida con tantas Bibianas que ya no podía reconocerlas. Todas tenían la misma cara, todas querían ser las únicas que podían cargar al Niño Dios. Este también había cambiado, últimamente tenía el aspecto de escritor. Una sonrisa sirve lo mismo para traicionar que para seducir, comprobó Amanda muchas veces. No hay hombres buenos ni malos, sino vencedores y vencidos, y la literatura era una lucha fratricida. Amanda dio el último trago a su coctel y lanzó una carcajada: "Raul es un pendejo con sus poemas bajo el brazo; Luis es un pendejo por aguantarme; Alfonso es un pendejo por olvidarme; José es un pendejo por buscarme". Y se quedó dormida.

Laura la despertó:

—Déjame en paz, gritó Amanda.

—¿Es cierto lo de Irma, Amanda?

—Qué me dejes en paz, te digo.

—Pero Irma es tu mejor amiga.
—Vete a la chingada.

Página 36
El era moreno, más bien común y corriente, pero me hacía sentir segura. Yo era insegura y lo hacía sentirse superior a mí. Ahora me felicito de no haberme casado con Alfonso. Sólo buscaba a alguien inferior para sobrevivir.

—Amanda, Irma quiere verte, explicarte.
—No hay nada que explicar.
—Insiste en hablar contigo.
—No es necesario, Laura, yo también he engañado y ofendido, me he burlado de los demás. Dile que no se preocupe por mí, ya alguien la engañará a ella, la ofenderá, la hará llorar...Todos somos idénticos.

Página 50
Nosé si lo quiero. Nuestro noviazgo ha perdurado a pesar de mi cariño por Alfonso y de las pretensiones de José. Luis es cumplido, un poco frío, ¿me querrá por lo que soy o por lo que quisiera que fuera? No tengo prisa por casarme, mientras, tal vez Alfonso se decida. Ayer me besó los senos...

"Cada quién tiene un lugar en la vida. Escribir un libro es asumirlo. Irma quiso ocupar dos lugares usurpando el mío. Dos lugares...si somos tan insignificantes que pasamos inadvertidos. Irma, con su cara de ingenua y su ambición desmedida de reconocimiento". Amanda fue dudando si estaba dentro o fuera del libro de la pasta azul. Odiaba a la mujer de la contraportada, a los personajes de las páginas 36, 50 y 82.

— ¿Amanda? soy Raúl, quiero preguntarte otra vez la dirección de la editorial. No es que la haya perdido, es que no

127

me acuerdo dónde la dejé. Voy a llevar mis poemas, los premiados y los no premiados. ¿Tú qué crees? Bueno, discúlpame por entretenerte. Oye, ¿qué número me dijiste?

Página 82
José me habló por teléfono, contestó mi marido y se saludaron "cordialmente". Luis no sospechó nada. Después José me dijo que quería verme. Yo también, aunque fingí no entender y le deseé feliz viaje (salía esa tarde a Europa). Pobre de su mujer...Y de mí. He llevado la historia al límite, los personajes me están sobrepasando, pondré punto final.

"Cada que leo el libro parece querer escaparse de mis manos, es insaciable, no le bastan sus páginas. Hoy me amenazó con dejarme si no le añadía nuevos capítulos. No puedes hacerlo, le grité, cerrándolo de un apretón. ¿No?, me respondió, dejándose caer del librero. Nunca me había asustado tanto".

—Mamá, ¿te sabes la canción de la araña?

—¿De la araña? Ah, sí, "Dos personajes se balanceaban sobre la tela de una araña, como veían que resistía fueron a llamar a otro personaje. Tres personajes se balanceaban sobre la tela de una araña, como veían que resistía fueron a llamar otro personaje. Cuatro personajes se balanceaban sobre la tela de una araña, como veían que resistía fueron a llamar otro personaje, cinco personajes se balancea...

—¿Estás segura de que así va?

—Segurísima.

—¿Y nunca se rompe la tela?

—¿La tela?

—¿Sí, con tantos personajes.

—¿Qué personajes?

—Con Amanda, por favor. ¿Otra vez no está? Dígale

que habló Raúl.

—Laura, ¿no has visto mi libro?, no sé dónde lo dejé. ¿Y si me lo robaron, Laura? Necesito mi libro, Laura, Laura...

—Señora, ¿no ha visto un libro así?, mire, así, es azul, yo lo escribí. Se me perdió en la mañana, no, hace un año, o...

—Señor, ¿no ha visto un libro azul? Atrás estoy yo, Amanda, ¿Qué no me conoce?

Página 36
Si no me caso contigo no lo haré con nadie.

Página 50
Ya es tiempo de que nos casemos, todo mundo lo hace.

Página 82
Me casé sin quererla porque tú te casaste con otro.

"Hay dos hombres que te quieren, serás feliz con cualquiera".

¿Y el tercero?, preguntó Amanda a la gitana. Y empezó a escribir la historia de su vida.

—No encuentra el libro, está segura de que la abandonó por no aumentarle más páginas. Sale diario a buscarlo. Raúl vino a preguntar por ella, está preocupado, quiere una dirección que sólo Amanda tiene, dijo que le urge porque hoy cumple cincuenta y cuatro años.

TIA DANIELA

Angeles Mastretta

La tía Daniela se enamoró como se enamoran siempre
las mujeres inteligentes: como una idiota. Lo había visto llegar una mañana caminando con los hombros erguidos sobre
un paso sereno y había pensado: "Este hombre se cree Dios".
Pero al rato de oirlo decir historias sobre mundos desconoci-
dos y pasiones extrañas, se enamoró de él y de sus brazos como si desde niña no hablara latín, no supiera lógica, ni hubiera
sorprendido a media ciudad copiando los juegos de Góngora
y Sor Juana como quien responde a una canción en el recreo.
Era tan sabia que ningún hombre quería meterse con
ella, por más que tuviera los ojos de miel y una boca brillante, por más que su cuerpo acariciara la imaginación desper-
tando las ganas de mirarlo desnudo, por más que fuera hermosa como la virgen del Rosario. Daba temor quererla porque
algo había en su inteligencia que sugería siempre un desprecio por el sexo opuesto y sus confusiones.
Pero aquel hombre que no sabía nada de ella y sus libros, se le acercó como a cualquiera. Entonces la tía Daniela
lo dotó de una inteligencia deslumbrante, una virtud de ange
y un talento de artista. Su cabeza lo miró de tantos modo:
que en doce días creyó conocer cien hombres.
Lo quiso convencida de que Dios puede andar entr
mortales, entregada hasta las uñas a los deseos y ocurrencia
de un. tipo que nunca llegó para quedarse y jamás entendi

uno solo de todos los poemas que Daniela quiso leerle para explicar su amor.

Un día, así como había llegado, se fue sin despedir siquiera. Y no hubo entonces en la redonda inteligencia de la tía Daniela un solo atisbo capaz de entender qué había pasado.

Hipnotizada por un dolor sin nombre ni destino se volvió la más tonta de las tontas. Perderlo fue una pena larga como el insomnio, una vejez de siglos, el infierno.

Por unos días de luz, por un indicio, por los ojos de hierro y súplica que le prestó una noche, la tía Daniela enterró las ganas de estar viva y fue perdiendo el brillo de la piel, la fuerza de las piernas, la intensidad en la frente y las entrañas.

Se quedó casi ciega en tres meses, una joroba le creció en la espalda, y algo le sucedió a su termostato que a pesar de andar hasta en el rayo del sol con abrigo y calcetines, tiritaba de frío como si viviera en el centro mismo del infierno. La sacaban al aire como a un canario. Cerca le ponían fruta y galletas para que picoteara, pero su madre se llevaba las cosas intactas mientras ella seguía muda a pesar de los esfuerzos que todo el mundo hacía por distraerla.

Al principio la invitaban a la calle para ver si mirando las palomas o viendo ir y venir a la gente, algo de ella volvía a dar muestras de apego a la vida. Trataron todo. Su madre se la llevó de viaje a España y la hizo entrar y salir de todos los tablados sevillanos sin obtener de ella más que una lágrima la noche en que el cantador estuvo alegre. A la mañana siguiente, le puso un telegrama a su marido diciendo "Empieza a mejorar, ha llorado un segundo". Se había vuelto un árbol seco, iba para donde la llevaran y en cuanto podía se dejaba caer en la cama como si hubiera trabajado veinticuatro horas recogiendo algodón. Por fin las fuerzas no le alcanzaron más que para echarse en una silla y decirle a su madre: "Te lo ruego, vámonos a casa".

Cuando volvieron, la tía Daniela apenas podía caminar y desde entonces no quiso levantarse. Tampoco quería bañarse, ni peinarse ni hacer pipí. Una mañana no pudo siquiera abrir los ojos.

— ¡Está muerta!— oyó decir a su alrededor y no encontró las fuerzas para negarlo.

Alguien le sugirió a su madre que ese comportamiento era un chantaje, un modo de vengarse en los otros, una pose de niña consentida que si de repente perdiera la tranquilidad de su casa y la comida segura, se las arreglaría para mejorar de un día para otro, su madre hizo el esfuerzo de creerlo y siguió el consejo de abandonarla en el quicio de la puerta de Catedral. La dejaron ahí una noche con la esperanza de verla regresar al día siguiente, hambrienta y furiosa, como había sido alguna vez. A la tercera noche la recogieron de la puerta de Catedral con pulmonía y la llevaron al hospital entre lágrimas de toda la familia.

Ahí fue a visitarla su amiga Elidé, una joven de piel brillante que hablaba sin tregua y que decía saber las curas del mal de amores. Pidió que la dejaran hacerse cargo del alma y el estómago de aquella náufraga. Era una criatura alegre y ávida. La oyeron opinar, Según ella el error en el tratamiento de su inteligente amiga estaba en los consejos de que olvidara. Olvidar era un asunto imposible. Lo que había que hacer era encauzarle los recuerdos, para que no la mataran, para que la obligaran a seguir viva.

Los padres oyeron hablar a la muchacha con la misma indiferencia que ya les provocaba cualquier intento de curar a su hija. Daban por hecho que no serviría de nada y sin embargo lo autorizaban como si no hubieran perdido la esperanza que ya habían perdido.

Las pusieron a dormir en el mismo cuarto. Siempre que alguien pasaba frente a la puerta oía la incansable voz de Elidé hablando del asunto con la misma obstinación con que un médico vigila a un moribundo. No se callaba. No le daba tregua. Un día y otro, una semana y otra.

—¿Cómo dices que eran sus manos? —preguntaba. Si la tía Daniela no le contestaba. Elidé volvía por otro lado.

—¿Tenía los ojos verdes? ¿Cafés? ¿Grandes?

—Chicos —le contestó la tía Daniela hablando por primera vez en treinta días.

—¿Chicos y turbios? —preguntó Elidé.

—Chicos y fieros —contestó la tía Daniela, y volvió a callarse otro mes.

—Seguro era Leo. Así son los Leo —decía su amiga sacando un libro de horóscopos para leerle. Decía todos los horrores que pueden caber en un Leo. —De remate son mentirosos Pero no tienes que dejarte, tú eres Tauro. Son fuertes las mujeres de Tauro.

—Mentiras sí que dijo —le contestó Daniela una tarde.

—¿Cuáles? No se te vaya a olvidar. Porque el mundo no es tan grande como para que no demos con él, y entonces le vas a recordar sus palabras. Una por una, las que oíste y las que te hizo decir.

—No quiero humillarme.

—El humillado va a ser él. Si no todo es tan fácil como sembrar palabras y largarse.

—Me iluminaron —defendió la tía Daniela.

—Se te nota iluminada —decía su amiga cuando llegaban a puntos así.

Al tercer mes de hablar y hablar la hizo comer como Dios manda. Ni siquiera se dio cuenta de cómo fue. La llevó a una caminata por el jardín. Cargaba una cesta con frutas, queso, pan, mantequilla y té. Extendió un mantel sobre el pasto, sacó las cosas y siguió hablando mientras empezaba a comer sin ofrecerle.

—Le gustaban las uvas —dijo la enferma.

—Entiendo que lo extrañes.

—Sí dijo la enferma acercándose un racimo de uvas— Besaba regio. Y tenía suave la piel de los hombros y la cin-

134

tura.

—¿Cómo tenía? Ya sabes —dijo la amiga como si supiera desde siempre lo que la torturaba.

—No te lo voy a decir —contestó riéndose por primera vez en meses. Luego comió queso y té, pan y mantequilla.

—¿Rico? —le preguntó Elidé.

—Sí —contestó la enferma empezando a ser ella.

Una noche bajaron a cenar. La tía Daniela con un vestido nuevo y el pelo brillante y limpio, libre por fin de la trenza polvosa que no se había peinado en mucho tiempo.

Veinte días después ella y su amiga habían repasado los recuerdos de arriba para abajo hasta convertirlos en trivia. Todo lo que había tratado de olvidar la tía Daniela forzándose a no pensarlo, se le volvió indigno de recuerdo después de repetirlo muchas veces. Castigó su buen juicio oyéndose contar una tras otra las ciento veinte mil tonterías que la habían hecho feliz y desgraciada.

—Ya no quiero ni vengarme —le dijo una mañana a Elidé—. Estoy aburridísima del tema.

—¿Cómo? No te pongas inteligente —dijo Elidé— Esta ha sido todo el tiempo un asunto de razón menguada. ¿Lo vas a convertir en algo lúcido? No lo eches a perder. Nos falta lo mejor. Nos falta buscar al hombre en Europa y Africa, en Sudamérica y la India, nos falta encontrarlo y hacer un escándalo que justifique nuestros viajes. Nos falta conocer la Galería Pitti, ver Florencia, enamorarnos en Venecia, echar una moneda en la fuente de Trevi. ¿No vamos a perseguir a ese hombre que te enamoró como a una imbécil y luego se fue?

Habían planeado viajar por el mundo en busca del culpable y eso de que la venganza ya no fuera trascendente en la cura de su amiga tenía devastada a Elidé. Iban a perderse la India y Marruecos, Bolivia y el Congo, Viena y sobre todo Italia. Nunca pensó que podría convertirla en un ser racional después de haberla visto paralizada y casi loca hacía cuatro meses.

135

—Tenemos que ir a buscarlo. No te vuelvas inteligente antes de tiempo —le decía.

—Llegó ayer —le contestó la tía Daniela un mediodía.

— ¿Cómo sabes?

—Lo vi. Tocó en el balcón como antes.

— ¿Y qué sentiste?

—Nada.

— ¿Y que te dijo?

—Todo.

— ¿Y qué le contestaste?

—Cerré.

— ¿Y ahora? —preguntó la terapista.

—Ahora sí nos vamos a Italia: los ausentes siempre se equivocan.

Y se fueron a Italia por la voz del Dante: "Piovverá dentro a l'alta fantasia".

LA ULTIMA VISITA

Enrique Serna

A Carlos Olmos

—Hijita de mi vida, qué milagro que te dejas ver.

—No es un milagro. Vengo todos los jueves, como quedamos.

—Quedamos en que no íbamos a mencionar el pacto. Si me lo vas a echar en cara no sé a qué vienes.

—Perdón. Tenía muchas ganas de verte. ¿Así está bien? ¿O prefieres que diga que te extrañaba mucho?

—No me lo creería; nos vimos el martes en casa de tu hermano. Mejor pórtate como una visita normal. Pregúntame cómo sigo del riñón o algo que suene a cordialidad forzada.

—Esas eran las preguntas que te hacía Matilde, la novia del Tato, y si mal no recuerdo la detestabas por hipócrita.

—Tienes razón, pero en ese tiempo creía en la sinceridad de las visitas. Ahora ya no me hago ilusiones. Prefiero el falso protocolo de la gente que visita por compromiso.

—No empieces tan pronto con tus amarguras. Resérvatelas para cuando llegue Rodolfo.

A lo mejor no viene. Habló para decirme que tiene una junta en el banco. Es mentira, pero ya sabes cómo le gusta darse a querer.

—Agradécele que te haga sentir incertidumbre. Así puedes mortificarte pensando que no vendrá y luego lo recibes

137

con más gusto, como si te cayera de sorpresa.

—De tu hermano sólo podría sorprenderme que llegara sobrio. Por cierto, ¿no quieres una cuba?

—Con muy poquito ron, si me haces favor.

¿Esperas que te la sirva yo? En esta casa cada quien se sirve solo.

—Ya lo sé, mamá, pero tengo que hacerme la recién llegada para que puedas decir ese diálogo. Si no lo dices, revientas.

—Por decirlo tanto la gente se creyó que esto era una cantina. Llegaban a la casa y antes de venir a saludarme iban a servirse un trago. Pero eso sí, ninguno tenía la decencia de traer una botella.

—Roberto sí traía.

—Porque yo se lo pedí cuando ya me tenían hasta la madre sus primos y los amigos de sus primos. Un día le dije: mira, Roberto, tú eres como de la familia y yo te quiero mucho, pero si vas a venir con tu séquito coopera con algo ¿no?

—En aquel tiempo te podías dar ese lujo. Si hoy vinieran él y toda su familia, seguro los recibías con champaña.

—Eso harías tú, que no tienes dignidad. ¿Ya se te olvidó cómo te pusiste cuando Rodolfo encontró a Pablo Espinosa robándose mis pulseras y lo corrió de la casa? Por poco te desmayas del coraje. Gritabas que nadie tenía derecho a meterse con tus amigos y que Rodolfo era un envidioso porque no tenía visitas propias y se desquitaba con las tuyas. No, Blanca, yo toleraba gorrones, pero tú eras débil hasta con los rateros.

—¿Y cómo querías que me comportara? Desde niña me acostumbré a ver la casa llena de gente. Por tu culpa nunca tuve intimidad.

—Ya vas a salirme con tus traumas de la infancia. El papel de víctima te quedaba bien cuando tenías dieciocho años, no ahora que vas a cumplir cuarenta. A esa edad los traumas ya hicieron costra. Y además es muy temprano para que me acuses de haberte desgraciado la vida. Eso anima la conversación a las dos de la mañana, pero suena muy falso cuando ni siquiera te has tomado la primera cuba. ¿Por qué no vas por una y me traes un tequila?...Traumas a mí. A ésta le salen los traumas cuando lleva una semana sin coger; como si no la conociera... Y el hermano es igual, sólo que él se trauma cuando coge. Soy madre de dos pendejos...

— ¿No oyes que está sonando el teléfono?

— ¡Bendito sea Dios, yo contesto! ¿Bueno?... ¿Adónde quiere hablar?... No, aquí es casa de la familia Beltrán...Espere, no cuelgue, la voz de usted me suena conocida. ¿No es de casualidad Emilio Uribe?... Pues le juro que tiene la voz idéntica. ¿Usted cómo se llama si no es indiscreción?... ¿A poco es de los Arozamena de Monterrey?... Pues fíjese que mundo tan pequeño, mi hijo Rodolfo jugaba dominó con Sergio Arozamena, el arquitecto. Venía a la casa todos los sábados hasta que se casó con una pobre diabla que lo tiene sojuzgado...Sí, claro, disculpe, yo también tengo que hacer llamadas...Oiga, espere un segundo. ¿Por qué no se da una vuelta por acá un día de estos y se trae a Sergio, aunque sea con la mujer? Hace años que no lo vemos y a Rodolfo le daría mucho gus.. ¿Bueno? ¡Bueno!...Pinche cabrón.

— ¿Quién era?

—Un primo de Sergio Arozamena. Quería venir a la casa. Le dije que lo sentía mucho pero que ya no recibimos visitas y me colgó muy ofendido.

—Además de rídicula, orgullosa. Me prometiste que ya no ibas a cazar visitas por teléfono. Un día te van a visitar, pero del manicomio.

—Seguro que también ahí voy a encontrar conocidos. Por esta casa desfiló medio México. Llamen de donde llamen siempre sale por alguna parte un amigo mutuo.

—Dirás un examigo, mamá.

—Para mí son algo peor: traidores.

—Nadie nos traicionó. Fuimos nosotros los que atosigamos a la gente con tanta hospitalidad. En eso Rodolfo tiene razón.

—Tu hermano ya me tiene cansada con sus teorías. Algún día entenderá que los seres humanos no tenemos remedio.

—Pues díselo en su cara, porque acaba de llegar.

—Déjalo que toque un rato. Es capaz de creer que lo estamos esperando con ansias, como esperábamos a las hermanas Iturralde cuando ya nadie se acordaba de visitarnos. ¿Te acuerdas cuánto sufríamos con sus tardanzas?

—Tú las gozabas. En el fondo eras masoquista. Masoquista y soberbia. Tu corazón de oro necesitaba los desaires de las visitas. Te servían para comprobar que los demás no se merecían el cariño de una mujer tan sencilla, tan desinteresada, tan solidaria con sus amigos. ¿Le abro ya?

—Espérate, hay que hacerlo sufrir un poco.

—A lo mejor se cansa de tocar y se va. Ya sabes el genio que tiene.

—Peor para él. Si no me visita, yo tampoco lo visito el martes.

—No hables del pacto. Luego dices que yo empiezo. ¿Ahora sí abro?

—Anora sí, pero actúa con naturalidad. Siempre te le cuelgas del cuello como si no lo hubieras visto en años.

—¡Hermanito! Dichosos los ojos que te ven.

—¡Blanca, qué sorpresa¡ Por fin se reunió la familia. Esto sí tenemos que celebrarlo.

—¿Ya viste quién llegó, mamá? Es Rodolfo.

—Pensé que me habías dado plantón, mamacita. ¿Por qué tardaron tanto en abrir?

—Es que el timbre tiene un falso contacto y como tenías la junta en el banco ya no esperábamos que vinieras.

—Sabes perfectamente bien que nunca he tenido una junta en el banco ni esperaba que me lo creyeran. Fue una cortesía contigo, mami. Te fascinan las visitas inesperadas ¿no?

140

—Cuando lo son de verdad. Tú nunca faltarás a esta casa mientras haya algo de beber. ¿Cómo vienes ahora, corazón? ¿Borracho o crudo?

—Un poco entonado. ¿Serías tan amable de servirme una cuba?

—En esta casa cada quien se sirve solo.

—Respeta los papeles, Blanca. No le robes a mamá su diálogo favorito. A ti te tocaba decir dónde estaba la jerga cuando alguien rompía un vaso. ¡Cómo te gustaba que los rompieran! Hasta felicitabas al del chistecito, como si fuera muy divertido caminar en el suelo pegajoso.

—Por lo menos yo tenía la honradez de admitir que para mí las visistas eran lo más bello del mundo.

En cambio tú fingías despreciarlas. Encerrado en tu cuarto esperabas que la casa se llenara de gente y a la medianoche salías a oír conversaciones en las que nadie te había invitado a participar. Hubieras querido ser el alma de las fiestas, pero lo disimulabas poniendo cara de pocos amigos, muy sincera en tu caso, porque siempre fuiste una rata solitaria.

—Trataba de imponer un poco de respeto. Si no hubiera sido por mí, tus amigos se habrían cagado en las alfombras.

—Eras el policía de la casa, ya lo sabemos, pero cuando no tenías a quién vigilar te ponías más triste que nosotras dos.

—No por la falta de visitas. A mí me entristecía que ustedes las necesitaran tanto. Perdían el orgullo y la dignidad con tal de hacer su teatrito cada fin de semana.

—Era tu hermana la que se humillaba. Mil veces le advertí que no fuera tan obsequiosa con las visitas, pero nunca me hizo caso.

—Blanca te seguía la corriente. La más enferma eras tú. Los viernes por la noche, cuando daban las diez y ninguna visita se había presentado, parecía que se te cerraba el mundo. Empezabas a jugar solitarios, a comerte las uñas, a fumar como en la sala de espera de un sanatorio, y aunque no dijeras qué te angustiaba, porque te avergonzaba reconocer tu adicción a las visitas, nos contagiabas a los dos un sentimiento de fracaso que se nos metía en la piel como un gas venenoso. Entonces sonaba el timbre y salía el arco iris. Blanca iba corriendo a poner un disco para simular que nos divertíamos a solas, tú dejabas el solitario a medias y recibías a cualquier parásito, al gordo Iglesias por ejemplo, que tenía la gracia de un tumor, como si fuera el amigo más entrañable de la familia. Claro que después de un recibimiento así, el gordo se creía con derecho a incendiar la casa.

—¡Y cómo querías que lo tratara si nos había salvado la noche! A ti se te hace muy fácil criticar, porque nunca moviste un dedo para conseguir visitas. Eras parásito de nuestros parásitos.

—De acuerdo pero tenía conciencia del ridículo, cosa que a ustedes les faltaba. Traté de hacerles entender que las estaban utilizando para beber gratis. Les advertí hasta el cansancio que íbamos en picada por no hacer distinciones entre las visitas. En vez de recibir a ochenta o noventa personas...

—El día de mi graduación hubo doscientas diez, no me rebajes el récord.

—Las que sean. Digo que en vez de recibir a cualquiera debimos quedarnos con un grupo de íntimos.

—Lo intentamos y no se pudo. Recuerda lo que pasó con Celia y Alberto y todos los del Instituto. Se hicieron tan amigos de nosotros que ya no eran visitas. ¿Cómo iban a romper nuestra monotonía si formaban parte de ella? Necesitábamos caras nuevas.

—Ustedes deberían hacer el monumento al imbécil desconocido, si es que no lo hicieron ya con su soledad. Por desvivirse atendiendo a los de reciente ingreso descuidaban a los íntimos, y cuando al fin eran de confianza los mandaban al desván de las amistades viejas.

—Tampoco me vengas ahora con que los íntimos eran unas joyas. En cuanto se casaron desaparecieron.

—Bueno, mamá, en eso tú fuiste un poco metiche. Te divertías jugando a la Celestina y sólo tolerabas a las parejas que tú habías formado. Raúl Contreras dejó de visitarnos porque hiciste una intriga para separarlo de su novia.

—Hijita no hables de lo que no sabes. Ella le prohibió venir a esta casa porque pensaba que aquí lo sonsacábamos para emborracharse. Lo que no sabía la muy cretina era que a falta de un lugar donde divertirse sanamente, su angelito iba a irse de putas, cosa que me alegra muchísimo.

—Ya estabas tardando en sacar la hiel. Ahora va a resultar que tú eras una señora bondadosa y adorable rodeada de canallas. ¿De veras crees que no hiciste nada para ahuyentar a la gente?

—Hice una tontería muy grande: ser generosa.

¡Bravo por Libertad Lamarque!

—Ríanse, pero es verdad. Ya me lo decía su padre, que en gloria esté: si das amor a cambio de compañía, resígnate a perder las dos cosas. Estoy harta de la humanidad, harta.

—Ojalá fuera cierto, pero tú no escarmientas. Acabo de sorprenderla engatusando a un Fulano que se equivocó de número.

—¿Otra vez? Vamos a tener que ponerte un teléfono en el ataúd.

—Cada quien se consuela con lo que puede. Tú te emborrachas, tu hermana se acuesta con taxistas y yo hago relaciones públicas por teléfono. Al menos no he dejado de luchar.

—Por necia. Las visitas son el consuelo del que no se soporta a sí mismo.

—No te hagas el fuerte que por algo hicimos el pacto.

—El pacto se puede ir al diablo. Ya me aburre esta manía de darle vueltas a lo mismo. ¿Y todo para qué? Para llegar a la conclusión de siempre: nos quedamos sin visitas porque las queríamos demasiado.

—No sólo a ellas. Nosotros nos queríamos más cuando

llegaban visitas. Desde niña me acostumbré a tener dos familias: una feliz, la que daba la cara en público, y otra desinflada por la falta de espectadores. Admite, mamá, que sólo eras cariñosa conmigo enfrente de los demás. Y no porque fueras hipócrita. Me querías de verdad, pero a condición de que hubiera testigos de tu amor maternal.

—Yo te prefería sin la máscara que usabas en público. A solas con tus depresiones eran insoportables, como todas las madres, pero cuando salías a escena derrochabas un encanto grotesco. Eras una anfitriona demasiado vehemente. Acosabas a las visitas con tu cariño, las aplastabas a golpes de simpatía, y no permitías que se fueran temprano porque le tenías pánico a la mañana siguiente, a los ceniceros atiborrados de colillas, al teatro sucio y vacío de la cruda sin reflectores.

—Tú con tal de pintarme como una vieja neurótica eres capaz de quitarme hasta el mérito de haber querido a las visitas. No, hijo, las quise mucho, aunque te suene cursi. Me sobraba cariño para repartirlo entre la gente y como no me conformaba con unos cuantos amigos tenía que hacer nuevas conquistas, agrandar el círculo...

—Tanto lo agrandaste que reventó. Hubo un momento en que nosotros, los de la casa, no conocíamos a la mitad de las visitas. Venían amigos del pariente del jefe de un conocido.

—¡Y qué importa el árbol geneológico de las visitas! Lo bonito era no saber de dónde habían salido.

—Algunos habían salido de la cárcel. ¿Se acuerdan del Chongano, aquel borrachito que resultó agente de la Judicial y se puso a echar de balazos en la cocina?

—Fue un colado entre mil. La mayoría eran personas decentes.

—Mamá no te duermas. Blanca está dándote pie. Aprovéchalo para decir que los decentes resultaron los más desagradecidos.

—Pues sí, lo digo y qué. Venían a emborracharse como

144

todos los demás. Aquí hacían lo que sus queridas madres no les dejaban hacer en sus casas, por miedo a que mancharan los sillones de la sala. En los buenos tiempos nos visitaban cada fin de semana, pero cuando empezamos a perder popularidad no les volvimos a ver el pelo. ¿Dónde están ahora esos niños modelo?

—Se asustaron con tus agresiones. Cuando caían por aquí después de un año de ausencia los insultabas como si hubieran firmado un contrato para visitarnos de por vida. A Ernesto Cuéllar le dijiste que su papá era un político ratero.

—Hice bien. A lo mejor el viejito robaba de verdad. Tú en cambio habrías recibido a Ernesto con los brazos abiertos, para que nos abandonara seis años más. Actuabas como una limosnera de visitas, Blanca. Por lo menos yo vendía caro mi perdón.

—Lástima que nadie te lo comprara. En los últimos años nuestras reuniones parecían terapias de grupo. Todos oyéndote desahogar tu rabia contra las visitas que se fueron. A veces decías horrores de la gente antes de conocerla.

—Me anticipaba a las ingratitudes.

—Querías la posesión total de las visitas.

—Quería reciprocidad.

—Una reciprocidad inhumana. Querías gobernar sus vidas, imponerles tus consejos como si fueran dogmas.

—Está bien, soy un monstruo. Yo tuve la culpa de que huyeran. Váyanse también ustedes y déjenme en paz.

—No te enojes. ¿Qué sería de ti si por una de tus rabietas rompemos el pacto?

—Por mí que se rompa. Visitas a huevo no son visitas.

—Mamá tiene razón, esto ya no funciona. Cuando me fui de la casa pensé que les haría un favor si en vez de ser un triste miembro de la familia me convertía en visita, pero la rutina echó a perder el truco.

—Debiste hacer el favor completo y no pedir que te visitáramos en pago de tus visitas. Eso le quitó sinceridad al

145

juego. Yo me di cuenta de que mamá te prefería por ser visita y entonces me fui de la casa para no quedar en desventaja.

—Con un poco de buena fe habríamos vivido muy contentos, pero con envidiosas como ustedes no se puede. Mamá se quejó de que te visitaba más a ti que a ella, y cuando empecé a visitarla dos veces por semana te sentiste ninguneada. Si caímos en el pacto fue por sus necedades.

—Y por tu manía de burocratirzarlo todo. Yo era feliz creyendo que mis hijos me visitaban por gusto, pero cuando pusieron la pinche regla de hacer tres reuniones a la semana para visitarnos equitativamente, la espontaneidad se fue al carajo. Ahora no tengo hijos y tampoco visitas.

—Porque no pones nada de tu parte. Imagínate que nos encontramos por casualidad después de un año sin vernos.

—No puedo. Somos la Santísima Trinidad: una soledad verdadera en tres personas distintas. Cuando estoy con ustedes me siento como bicho raro. Los oigo hablar y oigo mi propia voz. Hasta para sufrir me estorban.

—Lo mismo siento yo, mamá, y como no soy masoquista voy a largarme de una vez. Lamento decirles que mañana tengo una visita verdadera.

— ¿Quién?

—Ramón Celis. Me lo encontré en el metro y dijo que tenía muchas ganas de tomarse una copa conmigo.

— ¿Contigo? Pero si Ramón es mi hermano del alma. ¿No habrá preguntado por mí? ¡Confiésalo: me quieres robar su visita!

—Perdónenme los dos, pero yo quiero a Ramón como si lo hubiera parido. Antes me tiene que visitar a mí. Atrévete a recibirlo, Rodolfo, y no te vuelvo a dirigir la palabra.

—Peor para ti. Quédate con Blanca y visítense las dos hasta que se mueran.

—No te vayas, hagamos un trato: recibe a Ramón pero luego llévalo a mi casa.

—No estoy dispuesto a compartir la única visita que he

146

tenido en años.

—¿Ni por medio millón de pesos? Te puedo hacer un cheque ahora mismo.

—Yo te ofrezco el doble, y en efectivo, pero que se quede conmigo hasta la madrugada.

—Guarda tu dinero, mamá. Lo vas a necesitar para pagar un psiquiatra. La visita de Ramón no está en venta.

—Entonces lárgate, pero te advierto una cosa: no vengas a pedirme perdón cuando estés muriéndote de cirrosis.

—Y tú no me hables cuando estés muerta de aburrimiento. ¡Adios, viejas amargadas!

—¿Ya lo ves? También tu hermano resultó un traidor.

—¿No habrá inventado lo de Ramón?

—Puede ser. Yo tengo visitas imaginarias desde hace tiempo. ¿Y sabes qué? Me divierten más que tú.

—Haberlo dicho antes. ¿Crees que te visito por gusto? No, mamá. Te visito por compasión.

—Pues ahórratela. Ya no quiero dar lástimas.

—¿Ah, no? Pues entonces adiós. Cuando necesites alguna ayuda, por favor háblame. Quiero darme el gusto de negártela.

—Muchísimas gracias. Por ahora sólo se me ofrece que te vayas de aquí.

—Conste que me voy porque me corres. ¡Hasta nunca!

—Vete de verdad. ¿Qué haces ahí parada?...¿Lloras? Por favor, hija, ten el buen gusto de largarte sin cursilerías.

—No lloro por ti. Me dio tristeza ver el tapete que dice "Bienvenidos".

—Pues déjalo donde está y cierra la puerta. Compasión...Que se vayan al carajo con su compasión. ¿Qué se creen estos cabrones? ¿Qué no puedo visitarme sola?

LA COSTUMBRE DE NO LEER A MISHIMA

Gerardo Amancio

1

Antes de convertirse en actores famosos, Alicia Labra y Rodolfo Obregón tuvieron algo en común: el hábito de leer a Mishima.

Como lectores que han dado con los libros destinados precisamente a ellos, sabían insertar en la conversación el comentario sobre algún detalle específico, recrear la biografía de Mishima y armar la cronología de su obra. A veces, ese conocimiento, ese gusto profundo, solían manifestarlo a través del silencio, como dándonos a entender que si queríamos saber más debíamos emprender el mismo camino: ir a la librería aparentando que se va a comprar otro libro, encontrar casualmente la novela de Mishima y pasar de largo, hacerse tonto hojeando algo de Kundera o de Wolfe o de Calvino, regresar al lugar donde vimos por primera vez a Mishima, no pensarlo más y adquirir el ejemplar. Después, en la intimidad, leerlo y desear conseguir lo demás: los ensayos de Miller y Yourcenar, las otras novelas, los artículos y traducciones de José Vicente Anaya y, en la consumación del matrimonio intelectual con Mishima, simplemente esperar.

2

Esperar a que alguien conocido nos dé la sorpresa de adquirir el siguiente libro de Mishima para regalárnoslo, a sabiendas de que él ha sucumbido a la tentación en la librería pero que, en el último instante, no ha sido capaz de dar el paso definitivo: el de la condena, el de la lectura.

En vez de eso, ha pensado en nosotros, ha asociado el significado del ritual efectuado durante alguna tarde libre, con nuestros rasgos, con las conversaciones llenas de comentarios o de silencios. Ese alguien se habrá resignado a no saber y servir de puente entre nosotros y el enigma que comenzamos a descubrir a través de cada página, de cada capítulo y de cada novela.

Entonces comprenderemos, cuando ese alguien se presente y descubramos en sus gestos, en su timidez y en su resignación, la decisión tomada de no leer a Mishima y que, debido a ello, hay condenas con dos caras.

3

Algunos libros llegaron a estar en nuestras manos y hasta podría decirse que durante algunos instantes fuimos sus legítimos propietarios; pero eso no fue suficiente, como no lo fue fingir que realmente esa lectura nos interesaba y que algún día, cuando hubiésemos despachado la lista de libros pendientes, dejaríamos de frecuentar sólo las solapas de las novelas de Mishima.

Al principio, creíamos que sería suficiente con participar de las conversaciones sin saber que nos equivocábamos, por que llegó el momento en que Rodolfo y Alicia, cada quien por su lado, sujetos de su propio tiempo, nos dieron a entender con su silencio que lo verdaderamente esencial no podía sernos comunicado y que el enigma solucionado ya era un secreto. Fue entonces cuando comenzamos a intuir la presencia del remordimiento por la cita aplazada.

Caminábamos en círculos alrededor de la librería porque sabíamos que ya no era posible regalar lo ya regalado, y porque la evidencia de que ahora Mishima nos esperaba a nosotros se nos hacía presente desde que salíamos de casa, con la sensación de que habíamos olvidado algo en ese sitio donde personas como nosotros suelen encontrar respuestas.

¿Por qué no hicimos como Alicia y Rodolfo? Seguramente porque nos resultaba demasiado fácil abrir un libro para leerlo realmente y aceptar una comparación con nuestros sueños. Nos contentábamos con pensar que el libro destinado a nosotros todavía no estaba escrito, aunque la sospecha de haberlo adquirido y dejado ir, de la misma manera en que uno se despide para siempre de hacer el amor con la persona que quiere, ya se movía sobre territorio conquistado.

A veces las encrucijadas no son visibles hasta que se las encuentra y uno se da cuenta que elegir es renunciar y que, por lo mismo, renunciar no necesariamente significa elegir, porque se vive el punto muerto, la fascinación de no moverse...como los muertos.

Hubo quienes comenzaron la lectura de Mishima y se resguardaron desde el principio en el silencio, hasta que solamente quedamos dos, quienes miramos una tarde brumosa, poblada de sombras y siluetas difusas, alargando el plazo para por fin retirarnos a casa para masticar a solas la certeza de que no es fácil renunciar al descubrimiento de los secretos, de las posibles claves que están ahí esperando para darle un sentido a la existencia, pero que es más difícil renunciar a la renuncia establecida de antemano.

Claves, tal vez aquellas que habíamos buscado durante tanto tiempo, a través de los itinerarios y los encuentros, de los presagios y la preparación para la ausencia; las mismas que probablemente estaban escritas en alguna novela de Mishima.

Regresaríamos a casa a no leer para no correr el riesgo de encontrarlas en cualquier otro libro, de un autor distinto, porque después de tanto tiempo, lo único que podía quedarnos claro era que resultaría doloroso no hallarlas, tanto como, seguramente, dar con ellas.

LOS MISTERIOS DE LA MUJER

Luis Miguel Aguilar

Como en el rosario, la mujer tiene quince misterios que pueden dividirse en tres grupos de cinco: gozosos, dolorosos y gloriosos. Frente a estos misterios de verdad, los demás son solamente interesantes. El eterno femenino, el linaje de Eva, el "continente negro" de Freud, la mística femenina, el *ne cessaire* de Pandora, el enigma de no ser "ni carne ni pescado" que atribuló al bardo jerezano, incluso los enigmas de otro rosario (Castellanos) de que debe haber un modo distinto de existir, un modo de mujer que no se llame Safo, ni María Egipciaca, ni Magdalena, ni Lupita D'Alessio, son meras enchiladas frente a los Misterios Mayores de la Mujer.

En la siguiente develación o simple exposición de misterios, no he querido asignarles —como en el rosario— un día determinado para cada grupo de cinco; tampoco específico, salvo excepciones, si son gozosos, doloros o gloriosos. Que cada quien los distribuya según su rosario.

I. *El misterio de por qué meten el monedero al refrigerador.* Mis estudios han llegado a la siguiente hipótesis: a veces las mujeres se van caminando al mercado y llevan un monedero para no cargar toda la bolsa. Regresan con verduras, frutas, etcétera, y sobre todo con algo de queso fresco, tocino o jamón. En el camino de regreso, piensan que en cuanto lleguen a la casa deben meter estos últimos bienes al refrigerador; pero piensan también que por algo llevaron el monedero, asociado de inmediato a lo fugaz, a lo descomponible. Por eso un día uno abre el refrigerador y se encuentra el monedero junto al jamón. No creo que su intención, al respecto, sea urdir una metáfora económica. Lo importante es que este misterio puede pasar del gozo al terror en cuanto uno piensa lo siguiente: como sabemos, no hay cosa más fugaz y perecedera que un hombre —arrugas, lonjas jamonas, ideas nefastas, abyección y bilis, domingos deportivos frente a la televisión— y es temible pensar en el día en que a la mujer, por este misterio, se le ocurra meterlo a uno al refrigerador.

II. *El misterio de que no quieren lo que quieren.* Uno entra al cine con ellas y les pregunta si quieren palomitas y refresco. No quieren. "¿No?". "No." Tres veces no quieren. Y a los cinco minutos de la película extienden la mano furtivamente —como absortas en la pantalla— y proceden a la mengua de las palomitas que uno compró para sí. Como se sabe, las palomitas dan sed y entonces las mujeres proceden también a la mengua del refresco. Otra vertiente del misterio: uno les dice en el lobby del cine, cuando las cosas aún pueden resolverse: "Piénsalo bien porque adetro no te voy a convidar." Y ellas insisten en que no quieren. Y a los quince minutos de la película alternan un ojo a la pantalla y un ojo esquinado a las palomitas y al refresco, y como uno es un débil les ofrece la bolsa y el bote. El resultado del misterio es el mismo: uno tiene que pararse a mitad de la película a comprar más palomitas y más refrescos.

III. *El misterio de que quieren lo que no quieren:*
—¿Quieres ir?
—No, para qué, ve tú.
—¿Pero no quieres ir?
—Yo qué voy a hacer ahí.

—Oh coño. ¿Quieres ir?

—No, no voy a ir.

—Bueno, nos vemos.

—Adiós.

— ¿Y ahora por qué te quedas triste?

—No, por nada. Siempre es lo mismo.

—Lo mismo de qué, coño.

—Nada. Que te diviertas.

Este es uno de los misterios más paralizantes y dolorosos.

IV. *El misterio de los cuentos incompletos o la cuenta digresiva.* Por ejemplo, uno regresa de la cocina con las tortillas y al sentarse de nuevo les pregunta:

— ¿Y entonces qué pasó?

— ¿Qué pasó con qué?

—Cómo que con qué. Con el siniestro biólogo Farías y los resultados cuchareados.

—Ah, sí. Entonces llegó Irmita...

—No, eso ya me lo contaste.

—Es igual. Ay, se me había olvidado decirte que Irmita se va a vivir a Estados Unidos. Es que su familia es de allá. Bueno, son mexicanos, pero se fueron a vivir allá.

—Digresión. Vuelva al tema— dice uno.

—Oh, ya no me estés fregando, chingadín.

—Entonces pasemos a otro lote pero hasta agotarlo.

—Oh, yaaa. Oye, hablando de lotes, ¿ya viste que en el lote de junto pusieron un etcétera?

V. *El misterio de qué voy a llevar.*

—Se me ve horrendo, ¿verdad?

(Uno, mientras levanta la vista del libro o del periódico o de la televisión).

—Horrendo no, pero sí está un poco raro.

(Nota Bene a esta última respuesta: en realidad el

atuendo se ve muy bien y uno dice eso de "un poco raro" solamente por decir, para que ellas no vayan a creer que a uno no le importa; o porque uno cree que si dice: "Está muy bien," ellas no la van a creer, o van a creer, otra vez, que a uno no le importa y que nomás lo dice por decir, por salir del paso. Entonces uno se pone "reflexivo", busca insinuar exactitud de criterio y por eso agrega lo de "un poco raro" o "tal vez los zapatos se verían mejor en negro", o "se ve mejor con el cinturón guinda").

—Es que no tengo nada que ponerme.

—Ponte eso, hombre. Te ves bien.

—Estoy horrenda.

— ¿Cómo vas a estar horrenda? Te queda bien.

—Toda fodonga. Van a decir que ahí viene la gorda.

—Cuál gorda. Te juro que nadie va a decir eso. Carajo ve mi lonja y vete a ti. El gordo soy yo.

—Van a decir que ahí vienen los gordos y que la gorda es la más fodonga de los dos.

—Mira, que me caiga un rayo si no te ves bien.

—No tengo ropa. Es que no puede ser. Tengo pura mezclilla.

—Entonces ve de mezclilla. Pero te juro que con eso te ves bien. Como sea me gustas a mí, carajo.

—No. No sirve. Voy a ver qué hay en el cuarto de la azotea.

Cinco minutos después regresan de la azotea y preguntan:

— ¿Y esto? ¿Cómo me veré con esto?

—Muy bien. Muy muy bien.

— ¿No está mal, verdad? Me vas a odiar.

—No. Yo lo único que digo es que si ya sabías qué ibas a ponerte para qué me preguntas.

—No sabía.

—Pero entonces no me haces caso. Te vías muy bien con lo que te habías puesto.

—Tengo que comprarme ropa.

Misterio pernicioso y abierto al contagio: uno hace como que retoma la lectura o se clava en la televisión pero sólo piensa entre paréntesis: "Yo tampoco tengo ropa. Creo que este pantalón me lo regalaron cuando cumplí trece años, carajo."

VI. Este es un misterio que me hizo ver mi hermano El Torucho: *¿por qué las mujeres se lavan sus pantaletas, sin permitir que nadie más lo haga?*

VII. Aunque no hay razón alguna para que la opinión del téologo valga más que la opinión de los fieles, creo que el séptimo misterio es el que, para decirlo sin cursilerías, me conmueve más profundamente. Ni las lágrimas terribles, ni la suerte de las mártires provincianas, ni las almas colmadas de dramáticos adioses han incidido tanto en mi corazón lópezve-lardiano como lo que ocurre en este misterio: *por qué las mujeres se caen en las banquetas* y se ponen en las rodillas unos raspones pero si como de niño chiquito. Nunca he sentido tanto el deseo de protegerlas, de arroparlas paternalistamente, de arrimarlas a mi corazón, como cuando el cemento artero las faulea y el piso se les esconde bajo los pies y ellas descu-bren de pronto todo el vacío de la vida, el pozo de la ausencia sin regreso. Algunas veces las he detenido antes del derrumbe o, cuando la participación de mi brazo ha sido infructuosa, mi sola presencia ha contribuido con humildad a no hacer tan visible o tan sensible ese vacío. Pero sobre todo las he visto entrar a un sitio con las medias o la falda rotas, o la mezclilla partida por las rodillas y la mordida de piraña del cemento bajo el harapo. Y las he visto caerse desde lejos y con la impo-sibilidad de remediarlo, y he visto que algunos transeúntes se detienen a preguntarles si están bien, o las he visto levantarse sin que —según ellas— alguien las viera, y las he visto quitarse una lágrima o aguantarse como los machos y he sentido una

157

profunda tristeza por todo eso. Y son vanas las explicaciones. Yo, que tanto he ahondado en este misterio, todavía no atino a resolverlo. Alguna vez pensé que la respuesta estaba en los tacones altos, mata-molleras o agujeracráneos, que las damas usaban antes; ahora veo que no es así: las mujeres pueden usar zapatos de tacón bajo, zapatos tenis o huaraches, y el vacío seguirá abriéndose a sus pies.

VIII. *El misterio de por qué las mujeres pueden dormir sin almohada o tienden a relegarla.* Aunque al otro día finjan que no hay mejor amigo de la mujer que las almohadas, que son Gretas Garbos entre mullidos cojines esperando a que venga la mucama a abrirles las persianas y lastimarlas cariñosamente con la luz del día, uno las sorprende a las tres de la mañana, perfectamente dormidas, con la almohada en el piso o desplazada, como con buldozer, contra la cabecera de la cama o la pared que hace las veces de cabecera.

Este misterio tiene la ventaja de que difiere a un semi-misterio aledaño. Como en su afán por desplazar a la almohada la mujer queda a la mitad del lecho, uno se evita la cercanía de sus pies, fríos para siempre. Había preferido no ahondar este semi-misterio, o he preferido dejarlo en categoría de tal, desde que al cabo de mi insistencia una mujer me dijo:

—Sí, nosotras *siempre* tenemos los pies fríos. Pero ustedes los hombres *siempre* tienen las nalgas frías. ¿Quieres que te cuente?

Por así convenir a mis intereses, preferí concentrarme en otro misterio.

IX. *Misterio del síndrome de Alzheimer o demencia presenil.* Es la acusación brutal que se hacen ellas mismas, en forma de diagnóstico inapelable, cuando no saben dónde dejaron los Papeles Importantísimos. Después de mucho buscar dicen que requieren un neurólogo, y lo dicen seriamente. Este misterio se completa con la envidiable magia de que al día siguiente los Papeles Importantísimos aparecen, íntegros, sobre el cofre del coche, tal y como ellas los habían dejado el día anterior.

X. Este es un misterior fatídico que ni los portallaves de pared, ni los llaveros estridentes, ni los bolsillos de los pantalones femeninos alcanzan a resolver: *por qué*, a diferencia de las llaves de sus corazones, *las mujeres nunca encuentran las llaves:* las llaves del coche, de la casa, del laboratorio, de la oficina, y a veces del sueño (no del sueño Sueño, sino del otro). Lo he intentado todo para desplazar este misterio, pero basta un minuto increíble para que las mujeres no encuentren las llaves. Las he tratado como a tontas: "Mira, aquí están las llaves. Las voy a poner aquí. Cuando vayas a salir, las tomas. Y cuando regreses, las pones aquí también y no tiene pierde. Tan tan". Y en efecto ellas hacen todo lo que pueden por acabar con el misterio, y toman las llaves de donde uno las dejó. Y salen a un asunto corto, y regresan, avientan las llaves quién sabe dónde, o juran que las metieron en su bolsa —otro misterior enormísimo, otro pozo de misterios— o las dejan sobre la despensa de la cocina (se supo después), o en la parte más inaudita de algún librero, o en el meandro más ignoto de un mueble en el que fueron a sentarse. Y uno, como siempre, mientras está leyendo su libro o el periódico o está poniéndose la chamarra para salir, desde la puerta (ya que la mujer se despidió), o desde la sala (ya que estamos a punto de irnos), oye la voz profunda del misterio:

—Chin. No encuentro las llaves.

XI. *El misterio de la economía de posguerra.* Consiste en nunca comprar víveres ni bebestibles de más, sobre todo cuando hay invitados. Uno les explica que si sobra, hoy, se consumirá mañana (lo cual lo ha llevado a uno a quedarse con cuatro kilos sobrantes de carnitas, pero esa es otra historia

159

particularmente lesiva a mis intereses), pero ellas aseguran que uno es un peligro en los supermercados y que en los mercados es pasto de ardides de mercantes, que lo engañan a uno como la zorra y el gato engañaron a Pinocho, y que hay que ser exactos y medidos: como si las mujeres tuvieran una memoria innata de la posguerra. Debo decir que esto se arregló, más o menos, una vez en que repartí a los invitados sus cartillas de racionamiento como en los países exsocialistas: dos garnachas breves, una burrita, una sangrita, medio tequila y una cerveza. El abucheo fue tan generalizado que ella dijo:

—Está bien. Su pinche amigo despilfarrador se hará cargo de las compras a la otra.

Y en efecto, me hice cargo. De aquella vez en que me hice cargo todavía tengo seis bolsas gigantes de papas grasosísimas, una botella de ginebra que nunca me tomaré, una revista *Teleguía* de las Olimpiadas de Seúl 88, tres metros de magiteles —ya extendidos—, quince tiras de peperami, ocho latas de chipotles inasimilables y dos discos de *Los Joao*.

XII. *El misterio de quién va recoger todo esto,* ya que la mujer que limpia la casa de entrada por salida está a día y medio del asunto, y de cualquier modo no hay por qué cargarle la mano.

—Yo lo hago mañana.

—"Mañana. Mañana." Para eso mañana lo hago yo— dicen ellas.

—Entre los dos lo hacemos mañana— dice uno.

—Sí —un sí irónico—. ¿Mañana a qué horas? Tú tienes que ir a no sé dónde, yo tengo que ir a no sé cuánto, tenemos que it tú y yo a ya sabemos qué.

—Algo saldrá. Vente aquí— dice uno como si fuera el dueño disponedor de la revista *Playboy* después de su boda—. Tomémonos este vinito rojo hasta las últimas, y dulces, heces del asunto. Hoy, vivir, y mañana yo lo hago todo.

Es un misterio claudicante para uno: ellas tenían razón. Al día siguiente, medio crudo uno y cruda y media la vida, con la cabeza de Dostoievski puesta en lugar de la propia, con sudores fríos y calenturas en la Siberia doméstica, no hay nada más odiable que un sartén grasoso de tocino —ayer ineludible para la ensalada de espinacas— y el modo en que puede contaminar a 38 platos y doce vasos que nunca más se quitarán esa grasa de encima.

XIII. Yo entiendo que los hombres, cuando crudos, tenemos el misterio del enriquecimiento ilícito e inexplicable de la libido. Pero el misterio de la mujer al respecto está en *por qué, en los momentos más disímiles* —cuando uno va corriendo de salida al trabajo; cuando uno se está poniendo como un animal triste, tristemente, los calcetines; cuando uno está subido en una escalera que da al tinaco cuya ausencia de agua hay que resolver—, a ellas *les entran unas ganas tremendas de pecar.* A veces es un misterio negociable, pero casi siempre uno acaba deshaciendo el pulpo de sus brazos y sus besos, como un Nemo del pragmatismo, en aras de la racionalidad occidental.

—Aquí ya no hay amor loco— dicen ellas, despechadas.

— ¿Ah sí? ¿Y tú a qué horas vas a llegar a dar tu clase, y a dejar al niño en la guardería?

Y ellas, azotadas por el misterio, corren del modo más irracional a lavarse los dientes para salir a donde tienen que.

XIV. *El misterio de las cosas inaccesibles al alcance de la mano.* El agua de limón está sobre la mesa a una breve brazada de ellas, lo mismo que la ensalada o las tortillas.

—Sírveme agua— dicen sin darse cuenta, y siguen platicando lo que platican.

Cuando uno tiene un año de convivencia con ellas, este misterio puede llevar a la separación o al divorcio fulminantes. A los dos años, puede llevar a un pleito estúpido. A los tres, a un arreglo de "división emocional del trabajo ". A los cuatro, a un redescubrimiento de la historia familiar ("En mi familia todos eran así, y si no le pasabas a mi hermana la jarra de agua de limón, ella la tomaba y te la echaba encima"). A los cinco, a darle la jarra a ella aunque uno podría servir. A los seis años y al infinito, a la metafísica o al budismo zen: al modo en que uno le sirve el vaso y se queda espiritualmente laxo, cautivado por el misterio, viéndola a ella, viendo a su vaso, viendo la jarra de agua, con una indescifrable sensación de eternidad, de plática imperturbable junto a un lago chino, o japonés, clásico.

XV. *El misterio tremendo de la Píldora Olvidada,* o del Llamado de la Selva, o de Mi Fe Se Perdió en un DIU, o del Oye Tristán, Te Habla Isolda. El momento de la cultura occidental en que ellas dicen:
—Quiero ser madre de un hijo.
O más tremendamente ellas dicen:
—Pienso ser madre de un hijo.
Y más tremendamente añaden:
— ¿Quieres ser el padre?

BIBLIOGRAFIA

Aguilar, Luis Miguel: "Los misterios de la mujer", en *Suerte con las mujeres*. México, Cal y Arena, pp. 205-214.

Agustín, José: "En la madre, está temblando", en *No hay censura*. México, Joaquín Mortiz, Nueva Narrativa Hispánica, 1988, pp. 125-131.

Amancio Gerardo: "La costumbre de no leer a Mishima", en *Piezas de la memoria imperfecta*. México, Joaquín Mortiz, Nuestras Escrituras, 1991, pp. 78-80.

Avilés Fabila, René: "Borges el comunista", en *Diccionario de los homenajes*. México, Plaza y Valdés, 1988, pp. 209-212.

Cerda, Martha: "Los motivos de Amanda", en *La señora Rodríguez y otros mundos*. México, Joaquín Mortiz, Serie del Volador, 1990, pp. 167-176.

De la Borbolla, Oscar: "Los locos somos otro cosmos", en *Las vocales malditas*. México, 1988, pp. 31-36.

Elizondo Ricardo: "El fenómeno físico", en *Maurilia Maldonado y otras simplezas*. Xalapa, Universidad Veracruzana, 1987, pp. 81-83.

Hinojosa, Francisco: "La creación", en *Informe negro*. México, Fondo de Cultura Económica, Letras Mexicanas, 1987, pp. 29-34.

Lara Zavala, Hernán: "Correspondencia secreta", en *El mismo cielo*. México, Joaquín Mortiz, Serie del Volador, 1987, pp. 60-72.

Loaeza, Guadalupe: "Fridita", en *Primero las damas*. México, Cal y Arena, 1989, pp. 115-129.

Mastretta, Angeles: *Mujeres de ojos grandes*. México, Cal y Arena, 1990, pp. 159-163.

Monsreal, Agustín: "Parábola de un hueso duro de roer", en *La banda de los enanos calvos*. México, SEP, Lecturas Mexicanas, Segunda Serie, núm. 83, 1986, pp. 135-137.

Morábito, Fabio: "Oficio de temblor", en *La lenta furia*. México, Vuelta, 1989, pp. 62-64.

Moussong, Laszlo: "Tres mujeres en mi vida", en *Castillos en la letra*. Xalapa, Universidad Veracruzana, pp. 109-112.

Pérez Cruz, Emiliano: " ¡Aguas con San Jorge!", en *Borracho no vale*. México, Plaza y Valdés/INBA/SEP/DDF/UAM, 1988, pp. 93-95.

Pérez Gay, Rafael: "El café de las cinco treinta y siete", en *Me perderé contigo*. México, Cal y Arena, 1989, pp. 43-57.

Rossi, Alejandro: "Entre amigos", en *El cielo de Sotero*. Barcelona, Anagrama, 1987, pp 19-28.

Samperio, Guillermo: " ¡Oh! aquella mujer", en *Gente de la ciudad*. México, Fondo de Cultura Económica, Letras Mexicanas, 1986, pp. 33-38.

Serna, Enrique: "La última visita", en *Amores de segunda mano*. Xalapa, Universidad Veracruzana, 1991, pp. 75-88.

Taibo II, Paco Ignacio: "Loves", en *El regreso de la verdadera araña y otras historias que pasaron en algunas fábricas*. México, Joaquín Mortiz, Serie del Volador, 1988, pp. 107-112.

Villoro, Juan: "1983", en *Tiempo transcurrido. Crónicas imaginarias*. México, FCE/SEP, Biblioteca Joven, núm. 48, 1986, pp. 81-85.

ANTOLOGIAS DE CUENTO MEXICANO PUBLICADAS
ENTRE 1986 Y 1992

Bermúdez, María Elvira (selección y prólogo): *Cuento policiaco mexicano. Breve antología.* México, UNAM/Premiá, 1989.

Bravo, Roberto, comp.: *Tierra adentro. Escritores del centro de la República.* México, SEP/CREA, 1988.

Campos, Marco Antonio y Alejandro Toledo, comps.: *Narraciones sobre el movimiento estudiantil de 1968.* Xalapa, Universidad Veracruzana, 1986. Prólogo de M.A. Campos.

Carballo, Emmanuel, comp.: *Cuento mexicano del siglo XX*, vol. 1 México, UNAM/Premiá, 1987.

Cruz, Paulo G. y César Aldama, comps.: *Los cimientos del cielo. Antología del cuento de la Ciudad de México.* México, Plaza y Vbaldés/DDF, 1988.

Dávila Gutiérrez, Joel, comp.: *Del pasado reciente. Selección de cuento mexicano contemporáneo.* México, Premiá,/UAP, 1989.

Del Campo, Xorge, comp.: *El cuento del futbol. Textos cuentos y contextos.* México, Ediciones Luzbel, 1986.

Domínguez González Compeán, Miguel comp.: *Memorias del festival música verbal e imagen. La generación de fin de siglo, México 1985.* México, SEP/CREA, 1986.

Domínguez Michael, Christopher, comp.: *Antología de la narrativa mexicana del siglo XX*, 2 vols. México, FCE, Letras Mexicanas, 1989 y 1991.

Juárez V., Saúl, comp.: *La muerte en el cuento mexicano (siglo XX).* Morelia, Instituto Michoacano de Cultura, 1988.

Leal, Luis: *Cuentos de la Revolución.* México, UNAM, 2a. ed., 1987.

Monsiváis, Carlos, comp.: *Lo fugitivo permanece. 21 cuentos mexicanos.* México, Cal y Arena, 1989.

Rábago Palafox, Gabriela, comp.: *Estancias nocturnas. Antología de cuentos mexicanos.* México, IPN, 1987.

Saravia Quiroz, Leonardo, comp.: *En la línea de fuego. Relatos policiacos de frontera.* México, CNCA/Fondo Editorial Tierra Adentro, 1990.

Schaffler, Federico, comp.: *Más allá de lo imaginado. Antología de ciencia ficción mexicana,* 2 vols. México, CNCA/Fondo Editorial Tierra Adentro, 1991.

Torres, Francisco Vicente, comp.: *Cuentos mexicanos de hoy.* Número monográfico de *La Palabra y el Hombre,* núm. 78, abril-junio de 1991, Xalapa, Universidad Veracruzana.

Varios autores: *Teoría y práctica del cuento. Encuentro Internacional 1987.* Michoacán, Instituto Michoacano de Cultura, 1988.

Zavala, Lauro, comp.: *Humor e ironía en el cuento mexicano actual.* Montevideo, Libros para Todos, 2 vols., 1992.

ALGUNOS ESTUDIOS GENERALES SOBRE EL NUEVO CUENTO MEXICANO PUBLICADO EN LOS AÑOS 80

Leal, Luis: "El cuento mexicano: del posmodernismo a la posmodernidad", En A. Pavón, comp.: *Te lo cuento otra vez.* Tlaxcala, UAP/UAT, 1991, pp. 29-44.

Menton, Seymour: "Las cuentistas mexicanas en la época feminista (1970-1988)" en *Narrativa mexicana.* Tlaxcala UAP/UAT, 1991, pp. 131-140.

Miranda Ayala, Carlos: "El cuento moderno mexicano hasta el final de los años 80", en A. Pavón, comp.: *Te lo cuento otra vez.* Tlaxcala, UAP/UAT, 1991, pp. 133-140.

Torres, Vicente Francisco: "El cuento mexicano de los ochenta", en A. Pavón, comp.: *Te lo cuento otra vez.* Tlaxcala, UAP/UAT, 1991, pp. 141-149.

Trejo Fuentes, Ignacio: "El cuento mexicano reciente: ¿hacia dónde vamos?" en A. Pavón, comp.: *Paquete: cuento.* Tlaxcala, UAP/UAT, 1991, pp. 181-190.

Zavala, Lauro: "Humor e ironía en el cuento mexicano actual, 1979-1988", en A. Pavón, comp.: *Paquete: cuento.* Tlaxcala, UAP/UAT, 1990, pp. 159-180.

La Palabra en juego. Antología del nuevo cuento mexicano, se terminó de imprimir en el mes de octubre de 1998, en los Talleres de Graficarte, S.A. de C.V., Nicolás Bravo Nte. No. 714, Tel.: 14-29-28, Col. Santa Bárbara, Toluca, México, C.P. 50050. La edición consta de 1,000 ejemplares.